파리, 혼자서

파리, 혼자서

－60세에 첫 유학길에 오르다

강인순

차례

루르마랭의 추억

"나는 카뮈가 죽도록 사랑한 그곳으로 떠납니다."

소설가 함정임은 카뮈의 무덤이 있는 프로방스의 작은 마을 루르마랭으로 출발하기 전, 이런 제목의 칼럼을 어느 일간지에 기고했다. 너무나 매혹적인 제목에 이끌려 나는 그녀의 글 속으로 빠져들었다. 자신을 루르마랭으로 초대한 프랑스인에게 보내는 편지 형식의 기사였다. 소설가는 다시 그곳을 방문하게 된 기적 같은 인연을 독자들에게 친절하게 들려주고 있었다.

처음 카뮈의 무덤을 방문하고 돌아온 지 한 달이 지나서 그녀는 수상한 메일을 받았다. 스팸 메일일 거라 생각하고 삭제하려던 순간 'Albert Camus'라는 제목을 보고 메일을 열어 본다. 전자 편지의 낯선 발신인은 루르마랭 인근에 사는 프랑스인이었다. 그는 얼마 전 카뮈의 무덤을 방문했을 때 묘석에 꽂혀 있는 명함을 발견하고 그녀에게 편지를 쓰게 되었다고 했다. 한국인 소설가는 자신의 명함에 '카뮈 선생님, 저는 당신을, 당신의 작품들을 사랑합니다.'라고 쓰고 카뮈의 묘석 아래 찔러 놓았던 것이다. 우연히 그 명함을 본 프랑스 남자는 거짓말처럼 한국의 자연을 사랑하고 또 한국 음식에도 관심이 많은 사람이었다. 이렇게 사소한 명함 한 장으로 시작된 우연이 마침내 결실을 맺었다. 소설가 함정임은 낯선 프랑스인으로부터 메일을 받았던 순간을 다음과 같이 표현했다.

"때로 살아 있다는 것이 축복처럼 여겨지는 순간이 오지요. 바로 프로방스의 당신으로부터 날아온 편지를 읽는 순간이 그러했습니다."

그녀는 그곳으로 다시 떠날 준비를 하고 있다는 희망찬 메시지로 글을 끝냈다. 유명인의 무덤에 꽃다발이 아닌 자신의 명함을 두고 돌아온 작가의 기발한 행동이 신선한 충격으로 다가왔다. 지구 반대편 동양에서 온 이방인의 명함을 보고 생면부지의 프랑스 남자가 그녀에게 메일을 보내고……. 그녀가 신문에 쓴 이야기는 소설 속에서나 등장할 법한 극적인 스토리였다. 처음 기사를 읽으면서 혹시 소설가가 꾸며 낸 이야기는 아닐까 하는 생각까지 들었다. 하지만 차분하게 다시 기사를 읽고 난 뒤, 나는 그녀에 대한 부러움으로 한동안 신문에서 눈을 뗄 수 없었다. 그리고 내 가슴 속 깊이 묻어 두었던 꿈의 곳간에서 나 혼자만의 루르마랭을 떠올려 보았다.

내가 카뮈의 『이방인』을 처음 읽었던 때는 고등학교 2학년 여름 방학이 거의 끝나 가던 무렵이었다. 비교적 부유했던 우리 집은 그즈음 아버지의 사업 실패로 심각한 경제적 어려움에 처해 있었다. 저당 잡혔던 집은 결국 은행으로 넘어가고, 우린 달랑 방 두 칸에 좁은 부엌 하나가 딸린 전셋집으로 옮겨 왔다. 이미 대학에 다니고 있던 언니들은 휴학을 고민하고 있었다. 좋은 대학교에 입학하는 것만을 목표로 공부했던 나는 하루아침에 인생 목표를 쉽게 포기할 수가 없었다. 삶의 중요한 시기에 정신적으로 많이 방황했다.

그때 눈에 띈 책이 『이방인』이었다. 17살 어린 영혼은 작가 알베르 카뮈를 그때 처음 알았다. 지금은 모두 중견 작가가 된 언니들은 어렸을 때부터 글쓰기에 뛰어난 재능을 보였다. 글쓰기를 즐기는 만큼 책도 많이 읽었고, 아낀 용돈으로 사 모은 수많은 책들은 언니들의 보물 1호였다. 그래서 우리 가족 일곱 명이 살기에도 좁은 집으로 이사할 때도 언니들은 그것들을 기어이 다 싸들고 왔다. 그 많고 많은 책 중에서 카뮈의 책을 선택했던 건 표지에 있는 작가의 사진 때문이었다. 코트 깃을 올리고 담배를 물고 있는 작가의 모습은 무척 냉소적이고 반항적으로 보였지만, 생애 첫 고비를 넘기고 있던 내게 거부할 수 없는 특별한 매력으로 다가왔다.

『이방인』의 주인공 뫼르소는 종잡을 수 없는 인물이었다. 책을 다 읽고 나서도 뫼르소가 왜 살인을 저질렀는지 전혀 이해할 수 없었다. 하지만 내성적인 성격이었던 나는 독해력이 부족하다는 핀잔을 듣게 될까 두려워 감히 언니들에게 질문하지 못했다.

그리고 내가 이 책을 다시 접한 것은 대학생 때였다. 우여곡절 끝에 들어간 대학이었지만 학기 중에는 공부며 아르바이트며 책 읽을 시간을 따로 낼 수가 없었다. 그러던 어느 방학 때 친구들과 프랑스어 원서를 읽는 클럽을 만들었다. 우리들은 일주일에 한 번씩 만나서 각자 공부한 내용을 서로 나누었다. 그때 선택했던 원서가 『이방인』이었다. 지금 생각해 보면 그때 우리들은 작가가 말하려고 하는 것이 무엇인지 이해하려고 하기보다는 프랑스어를 한국어로 번역하기에 급급했던 것 같다. 뫼르소가 이미 죽은 아랍인을 향해 다시 총알 네 발을 쏜 후, 소설 1부의 마지막 문단은 이렇게 끝난다.

"그것은 마치 내가 불행의 문을 두드린 네 번의 짧은 노크 소리와도 같았다."

이 시니컬한 문장에 나는 전율했다. 하지만 소설을 원서로 다시 읽은 뒤에도 나는 주인공 뫼르소를 완전히 이해할 수 없었다. 그래서 작가에게 묻고 싶었다. '카뮈 씨, 뫼르소는 왜 아랍인에게 총구를 겨누었나요? 그의 살인 동기가 눈을 뜨기 힘들 정도로 강렬한 북아프리카의 뜨거운 태양 때문이라고 했는데 그게 납득할 수 있는 이유가 될까요?' 이렇게 내 풋풋한 청춘은 계속 의문을 품었다.

함정임 작가의 신문 기사를 읽으며 나는 아련한 옛 기억을 떠올렸다. 그리고 내 책장을 뒤져 대학생 시절에 읽었던 『이방인』 원서를 꺼내 보았다. 오랜 세월이 흐른 뒤 펼쳐 본 책 속에서 불현듯 옛 추억이 걸어 나왔다. 원서 첫 페이지에 나는 이렇게 적어 놓고 있었다.

"언젠가 나도 Lourmarin을 방문하리."

두 번이나 읽었지만 왜 주인공 뫼르소가 살인을 했는지 이해하지 못했던 젊은 대학생은 머나먼 프로방스의 루르마랭에 묻힌 작가를 찾아가 보겠다는 소망을 글로 남겨 놓았다.

얼마 전 김화영 교수가 번역한 『이방인』이 새로 출간됐다. 오랜만에 다시 읽어 보니 그때는 잘 눈에 띄지 않았던 문장들이 책갈

피 위에서 영롱하게 빛났다. 마치 어슴푸레한 어둠에서 한줄기 빛을 발견한 것처럼 나는 작가의 새로운 메시지를 발견했다. 뫼르소는 살인죄로 사형을 언도받은 것이 아니라 어머니의 장례식 날 울지 않았다는 죄명으로 사형을 받게 된다. 부르주아 세계의 모순속에 철저히 이방인으로 남은 뫼르소는 소설의 마지막에서 이렇게 절규한다.

"모든 것이 완성되도록, 내가 덜 외롭게 느껴지도록, 나에게 남은 소원은 다만, 내가 사형 집행을 받는 날 많은 구경꾼들이 와서 증오의 함성으로 나를 맞아 주었으면 하는 것뿐이었다."

카뮈는 한때 장 폴 사르트르와 시몬 드 보부아르와 함께 실존주의 문학을 추구하는 동지로서 우정을 과시했지만, 이질적인 성장배경을 가진 두 사람과 완전히 다른 정치적 노선을 걸으며 사이가 멀어졌다. 카뮈는 그들 사이에서 내내 이방인이 아니었을까.

모든 그리운 것들은 다 내 추억의 서랍 속에 있었다. 그때 난 비로소 오랫동안 내 꿈의 곳간에 묻어만 두었던 프랑스 유학을 구체적으로 생각했다. 대학 졸업 후 취업과 결혼으로 앞만 보고 달려왔던 내 삶의 궤도를 바꿀 수 있는 계기가 될 것이라 믿었다. 미국에서 공부를 끝내고 돌아온 아들 둘이 모두 회사에 합류하며, 내가 실무에서 뒤로 물러설 수 있는 기회가 왔다. 남편과 나는 돌아가면서 1년씩의 안식년을 갖기로 합의했다. 그리고 파리 소르본유학원의 적합한 프로그램을 찾은 내가 먼저 프랑스 유학길에 올랐다.

프랑스 학생 비자 만료일을 한 달 남겨 놓고 나는 비로소 루르 마랭을 찾았다. 파리에서 아비뇽까지 기차를 타고 내려간 뒤 아 비뇽에서 루르마랭까지 자동차로 가는 여정이었다. 프랑스에서는 한 번도 운전해 본 경험이 없었지만 자동차보다 더 좋은 교통수단 을 찾지 못해 차를 빌리는 모험을 감행했다. 루르마랭으로 떠나기 전날은 기대 반 또 걱정 반으로 잠을 이루지 못했다. 다음 날 아침 아비뇽 기차역에 도착해 역 주변에 위치한 렌터카 사무실에서 간 단한 서류 작성을 마치고 차를 인도받았다. 한국에서 20년 이상을 운전했는데, 운전석에 앉으니 초보 운전자처럼 다리가 후들후들 떨렸다. 심호흡을 하고 마음을 가다듬었다. 그리고 출발했다.

프랑스 국도는 한국의 길과는 정말 차이가 많았다. 5km~10km 남짓한 도로에 계속 로터리가 나왔다. 더구나 로터리 중에는 출구 가 무려 8개나 되는 곳도 있어서, 출구 번호를 세느라 길을 몇 번 이나 놓쳤다. 앞만 보고 달리느라 주변 경관을 볼 새가 없었는데, 어느새 아비뇽과는 다른 독특한 경치가 눈에 들어왔다. 바로 뤼베 롱산 주변 지역으로 들어온 것이다. 이 산간 지역은 프랑스 내에 서도 독특한 경관으로 유명한 곳이다. 프로방스 출신의 작가 알퐁 스 도데는 자신의 단편소설 「별」에서 이 지역을 한 폭의 그림처럼 묘사해 놓았다. 루르마랭 표지판이 눈에 들어오자 가슴이 두근거 렸다.

카뮈가 생의 마지막 2년을 보낸 곳, 그리고 지금은 영원히 잠들어 있는 마을 공동묘지가 바로 입구에 있었다. 차를 세울 곳을 찾아 마을 안으로 들어오니 300년 전에 지어졌다는 성이 나지막한 언덕 위에서 수호신처럼 굽어보고 있었다. 차에서 내려 루르마랭의 공기를 마셨다. 대학생 때 『이방인』을 읽은 후 이곳에 오기까지 40년이란 세월이 걸렸다. 묘지에 가기 전 카뮈의 흔적을 찾기 위해 마을을 둘러봤다.

마을은 사람 그림자를 찾기 어려울 정도로 한적했는데, 내 앞으로 나이든 동양인 부부가 지나갔다. 너무 반가워 말을 걸고 보니 일본인이었다. 부인의 취미가 그림 그리기라 이곳에 일주일 머무는 동안 놀며 그림도 그린다고 했다. 남편은 내게 베컴을 아느냐고 물었다. 그리고 내 대답과는 상관없이 산등성이 방향을 가리키며 베컴의 별장이 저쪽에 있다고 알려 주었다. 그들에게서 느껴지는 노년의 여유가 부러웠다.

마을 광장 안에 있는 관광안내소에 들렀다. 카뮈를 홍보하는 여러 가지 인쇄물이 있었다. 뤼베롱 산악 지대에 있는 이 작은 마을에 먼 나라의 동양인까지도 찾아오게 만드는 은인은 누가 뭐래도 카뮈다. 난 깜빡 잊고 있었다는 듯 서둘러 마을 묘지로 향했다. 5월인데 프로방스의 태양은 벌써 따가웠다. 묘지 입구에 카뮈 무덤의 위치를 표시해 놓은 지도가 있었다. 그 지도에 표시된 방향으로 왔는데 아무리 둘러봐도 카뮈의 묘를 찾을 수가 없었다. 10분 이상을 헤매다 지쳐 갈 무렵, 내가 섰던 자리 바로 앞에 로즈메리가 무성하게 웃자라 내 키보다 더 커진 덤불 사이에 누워 있는 작은 묘석 하나를 발견했다.

'Albert Camus 1913~1960'

몽파르나스나 페르라셰즈 공동묘지에서 흔히 볼 수 있는 묘석 위에 새겨진 현란한 문구 하나, 조각상 한 점 없는 그의 묘는 정말 소박했다. 하지만 평생 가난을 안고 살았던 피예 누아르(pied noir -까만 발이란 뜻으로 알제리 이민자를 일컫는 프랑스어 표현) 카뮈는 죽어서도 생전과 같은 영면의 길을 택했다. 사르코지 대통령 시절 카뮈의 묘를 팡테옹으로 이장하려는 계획이 유가족들의 반대로 무산됐다는 신문 기사를 읽은 기억이 났다. 그리고 지난겨울 팡테옹을 방문했을 때 건물 지하에 놓인 대리석관에서 스멀스멀 올라오는 냉기에 내 마음까지 얼어붙었던 싸늘한 기억이 떠올랐다.

자신이 자랐던 알제리의 태양과도 닮은 이곳 프로방스의 햇살과 미스트랄 그리고 이렇게 먼 동양에서 40년의 세월을 기다려 찾아와 준 독자가 있으니, 그는 팡테옹에 누운 빅토르 위고보다 행복한 사람이란 생각이 들었다.

이제 떠나야 할 시간이었다. 나도 뭔가를 남겨야 할까 고민하다 그의 묘석을 무성히 덮고 있던 로즈메리만 살짝 뒤로 넘겨 주고 그와 작별 인사를 했다. 자동차를 주차해 놓은 곳으로 돌아오다 일본인 할머니를 다시 만났다. 큰 캔버스를 들고 있었다. 그녀와도 미소로 작별 인사를 했다.

로댕의 발자크 동상

파리 유학 시절 내가 다녔던 소르본 유학원은 지하철 4호선 바뱅역 인근에 있었다. 몽파르나스와 라스파유 대로가 교차하는 이곳엔 유명한 카페와 동상이 많았다. 오노레 드 발자크의 동상도 그중 하나였다. 하지만 동상은 학교 가는 방향과는 반대 방향에 있어 나는 항상 무심히 지나쳤다.

어느 날 함께 공부하는 반 친구들 여러 명이 스타벅스에 간다고 해서 따라나섰다. 100여 년이 넘는 전통을 자랑하는 돔, 셀렉트, 로통드 같은 유명한 카페를 바로 앞에 두고, 세계 어느 곳에서나 갈 수 있는 미국계 체인 커피숍에 가는 친구들이 의아하기도 했지만, 파리의 스타벅스에서만 찾을 수 있는 어떤 특별한 매력이 있을까 궁금하기도 했다.

바로 그날 스타벅스 매장으로 들어가면서, 무심코 맞은편에 서 있는 발자크 동상을 처음으로 유심히 보게 되었다. 마주친 동상은 순간적으로 나를 움칫하게 만들었다. 로댕이 제작한 동상은 한눈에도 그로테스크하게 보였다. 땅땅한 체구에 발밑까지 내려오는 편한 실내복을 입은 남자는 머리를 뒤로 젖히고 묘한 미소를 머금은 채 보행자들을 유유히 내려다보고 있는 듯했다. 나는 당혹감을 감출 수가 없었다. 두 예술가 모두 문학과 조각 분야에서 내로라하는 거장의 반열에 오른 대가들인데, 어떤 연유로 이런 작품이 탄생했는지 그 배경이 궁금했다.

오귀스트 로댕은 현대조각의 시조로 불린다. 서양 현대회화를 만들어 낸 것은 19세기에 등장한 다수의 화가들이었지만, 현대조각의 문을 연 사람은 로댕 단 한 사람이라고 해도 과언이 아니다. 그만큼 조각 분야에서 그의 존재는 독보적이라 할 수 있다. 하지만 이런 거장 예술가도 자신의 작품에 대한 대중들의 혹평으로 곤혹을 치른 적이 있었다. 바로 사실주의 문학의 거장인 발자크의 동상 때문이었다.

1891년 프랑스 문인협회는 발자크의 40주기를 기념하는 추모 동상을 조각가에게 의뢰했다. 오래전부터 대문호를 존경해 왔던 그는 동상 콘셉트를 정하는 데만 몇 년을 고심했다. 작가의 신체적 특징을 찾아내기 위해 그의 고향인 투르까지 방문해서 그 지방 주민의 골격과 체격에 관한 연구 자료를 모았다. 다양한 자료 수집 후에는 시제품을 만들었는데, 그 수량이 스무 점이 넘었다고 한다.

흉상을 만들고, 기본 전신 동상에 프록코트도 입혀 보고, 또 작가가 글을 쓸 때 입었다는 실내복을 입은 시제품도 만들어 보았다. 대문호 발자크의 동상이 완성되었을 때는 약속했던 시한을 훨씬 넘긴, 주문 받은 때로부터 7년이란 시간이 흐른 뒤였다. 전신을 감싸는 긴 망토를 걸친 땅딸한 체격의 남자는 마치 고인돌 위에 서 있는 듯 기괴한 모습이었다. 공개된 동상은 엄청난 파문을 일으키며 스캔들이 됐다. 동상을 보고 실망감을 감출 수 없었던 문인협회는 지체된 납기를 핑계로 작품 인수를 거부했다. 조각가는 문인협회에 선불로 받은 돈마저 돌려준 뒤 문제가 된 동상을 자신의 고향 집 정원에 설치했다.

로댕이 죽은 지 20여 년의 세월이 흐른 1939년, 그의 작품에 대한 예술적 평가가 새롭게 이뤄지며 잊혔던 발자크 동상은 다시 세인의 관심을 끌게 되었다. 영국인 미술사학자 케네스 클라크 남작은 BBC 문명 시리즈 프로그램에서 발자크 동상을 다음과 같이 극찬했다.

"19세기의 가장 위대한 조각품, 어쩌면 정말 미켈란젤로 이후 가장 뛰어난 작품일 수도 있다."

최초로 동상이 완성됐던 1898년으로부터 40여 년의 세월이 흐른 뒤에야 작품의 진가를 인정받게 된 것이다. 이렇게 우여곡절을 겪은 거장의 동상은 현재 파리 지하철 4호선이 지나가는 몽파르나스와 라스파유 대로 교차 지점에서, 파리 시민뿐만 아니라 전 세계에서 모여드는 관광객들을 맞이하고 있다.

그날도 나는 수업을 마치고 집으로 돌아가기 위해 지하철역으로 걸음을 옮기고 있었다. 오랜만에 맑게 갠 파란 하늘과 간간이 얼굴을 내미는 따사로운 햇살까지 모두 나를 유혹하고 있었다. 어디로 갈까 잠깐 망설이다 발자크 동상이 있는 곳으로 눈길이 갔다. 그래, 발자크 기념관에 가 보는 거야. 나는 지하철 6호선을 타기 위해 몽파르나스역 방향으로 걸었다. 4호선 바뱅역에서 한 정거장 거리인 몽파르나스역까지는 지하철을 타는 것보다 걷는 것이 나았다.

파리 지하철 14개 노선 중 내가 가장 좋아하는 6호선은 개선문이 있는 샤를 드골 에트왈 광장에서 출발해서 나시옹 광장까지 운행되는데, 전체 노선 중 지상역을 가장 많이 통과한다. 몽파르나스를 뒤로 하고 지상으로 나온 전철은 플라타너스 가로수가 울창한 도로 위 고가를 달린다. 전철 안에서 바라보는 파리 풍경은 새롭다. 센강 위 철교를 지나는 짧은 시간의 흔들림에 마치 멀리 여행을 떠나는 듯 설렘을 느낄 수 있다.

발자크 기념관은 파리에서 가장 부촌인 16구의 파시 지구에 있다. 파시역에서 내려 기념관이 있는 레누아르 거리를 따라가면, 언덕 위에 비둘기 색 지붕의 일자형 단층집이 단아하게 자리하고 있다. 이곳이 대문호가 1840년부터 7년간 거주하며, 그의 생애에서 가장 많은 작품을 썼던 장소다. 정문에서 바라보면 아담한 정원이 딸린 단층집 주택은, 뒷문이 나 있는 베르통 거리에서 보면 3층집이다. 대문호가 이 집을 선택했던 가장 큰 이유가 바로 빚쟁이들을 따돌릴 수 있는 비밀 출입구의 존재였다.

발자크는 젊은 시절 무모하게 벌인 인쇄업의 실패로 큰 빚을 졌다. 그래서 평생을 빚쟁이에게 쫓기는 생활을 했다. 정문으로 빚쟁이들이 들이닥치면 그는 재빨리 뒷문을 통해서 베르통 거리로 통하는 좁은 골목길로 도주해서 유유히 파리 시내로 들어갔다고 한다. 엄청난 빚과 분에 넘치는 소비 생활을 감당하기 위해 그는 매일 자정에 일어나 하루 일과를 시작했다. 우선 집필을 위해 편한 실내복으로 갈아입고는 저녁 6시 잠자리에 들 때까지 매일 16

시간씩 글을 썼다. 그리고 이런 생활 리듬을 유지하기 위해 하루 40잔 이상 커피를 마셨다고 한다.

서재에는 호두나무로 만든 소박한 책상이 의자와 함께 나란히 전시되어 있다. 매일 16시간씩 집필 작업을 함께했던 책상은 발자크에게 인생의 동반자나 마찬가지였으리라. 얼마 전 신문에서 발레리나 강수진의 현역 은퇴 고별 무대 기사를 읽었다. 세계 발레계의 신화적 인물이 되기까지, 30년간 그녀는 하루 적게는 15시간, 많게는 19시간까지 연습을 했다고 한다. 대문호도 무명의 세월을 합치면 거의 30년의 세월을 이렇게 자신을 극한 상황으로 몰아넣으며 초인적인 힘으로 글을 썼다. 범인들이 따라갈 수 없는 대가의 위대함은 바로 이 자신을 다스리는 극기에 있는 것일까.

다른 방에는 그의 소설에 등장하는 모든 인간 군상의 계보가 건축 설계 도면보다 더 정교하게 기록돼 있다. 도대체 이 대문호의 뇌에는 무슨 프로그램이 입력돼 있는 것인지. 그의 소설에 등장하는 인물들의 계보를 보니 입이 다물어지지 않았다. 2,000명이 넘는 등장인물 중 500여 명은 반복적으로 다른 소설에서도 재등장했다. 이런 기법은 마르셀 프루스트에게도 큰 영향을 미쳤다. 총 7권으로 출간된 프루스트의 소설 『잃어버린 시간을 찾아서』에는 많은 인물들이 등장하고, 또 같은 인물이 반복적으로 등장하는 기법이 쓰였다.

대문호는 자연 과학자인 뷔퐁 백작이 자연계를 체계적으로 여러 종의 동물들로 분류해 놓았던 것처럼, 인간 사회에도 개개인이 속한 다양한 사회적 계층에 따라 전형적인 인간상이 존재한다는 것을 증명하고 싶어 했다. 빚을 갚기 위해 가명으로 소설을 쓰기 시작했던 그는 30세가 되던 1830년부터 자신의 본명으로 소설을 쓰기 시작했다. 그로부터 10년에 걸쳐 쓴 자신의 소설 90여 권을 모두 묶어서 〈인간 희극〉이라는 총서를 기획했다. 대문호가 머릿속에서 구상했던 소설의 제목만도 140여 개나 됐다.

이런 이유로 그는 프랑스 소설의 스승으로 불리며 칭송받고 있다. 특히 타고난 작가의 관찰력은 소설 속 인물이나 장소 묘사에서 빛을 발했다. 〈인간 희극〉에 등장하는 2,000명이 넘는 수많은 등장인물들의 생생한 재현도 모두 대가의 이런 재능 덕분이었다. 그는 문학계에서 나폴레옹이 되겠다는 야심을 갖고 있었다. 첫 번째 소설의 성공으로 카시니가의 저택으로 이사했을 때, 그는 거실 벽난로 위에 나폴레옹의 흉상을 놓고 그 밑에 자신의 원대한 계획을 적은 종이를 붙여 놓았다.

"나폴레옹이 무기로 이룬 것을 나는 펜으로 거두리라."

대문호는 여성 편력도 화려했다. 발자크의 어머니는 자신보다 나이가 32살이나 많은 남편과의 사이에서 태어난 첫 아들에게 도무지 애정이 없었다. 어린 시절 어머니로부터 사랑을 못 받았던 작가는 성인이 된 후엔 나이가 많은 부인들, 특히 자신의 빚을 대신 갚아 줄 능력이 있는 귀족 부인들의 뒤를 쫓아다녔다. 발자크가 여자들의 관심을 끌 수 있었던 건 자신의 소설에 교제하는 여성들의 성격을 심리학적으로 정교하게 분석해서 묘사했기 때문이었다. 당시 인기 작가였던 그의 소설 속에 등장하는 일은 허영심 많은 사교계 여인들의 주의를 끌기에 충분했다.

특히 폴란드 귀족이었던 한스카 백작부인과의 사랑은 유명하다. 작가와 독자로 처음 만났던 두 사람은 16년이라는 긴 세월 동안 편지를 주고받았다. 그리고 1841년 백작부인의 남편이 죽은 뒤로도 편지 왕래는 계속됐다. 그녀와의 결혼을 희망했던 발자크는 다시 9년의 세월을 기다렸고, 마침내 한스카 부인과 결혼했다. 그러나 젊은 시절부터 계속된 살인적인 집필 작업으로 건강을 해쳐 결혼 후 불과 5개월이 지난 50세에 길지 않은 생을 마감했다. 페르라셰즈 묘지로 가는 길엔 빅토르 위고, 마르셀 프루스트 같은 후배 문인들이 그를 배웅했다.

만약 발자크가 조금만 더 살았다면 그의 구상대로 140여 편의 소설을 완성할 수 있었을까. 그리고 그 소설왕국에서 황제의 자리에 올랐을까. 로댕은 초인적인 글쓰기를 했던 발자크의 용기, 살인적인 노동의 강도와 빚에 쫓겨 허덕였던 삶의 투쟁을 자신의 조각 작품에 재현해 냈다. 현대조각의 거장이 현대문학사에 큰 발자취를 남긴 작가에 대한 존경을 담아 완성한 것은 파격적인 전신 조각상 한 점이었다.

발자크 기념관을 방문하고 돌아온 뒤 나는 동상을 다른 시선으로 바라보게 됐다. 전에는 동상의 외형만 보고 조각가가 의도한 내면의 깊이를 몰랐다면, 지금은 글과 투쟁하는 대문호를 생생히 느끼고 있다. 무릇 예술 작품에 대한 평가만큼 허무한 것이 또 있을까. 완성됐을 당시 조롱과 비난의 대상이었던 발자크 동상이 지금은 로댕의 걸작 중 하나로 꼽히고 있으니 말이다. 로댕의 작품에서 여전히 살아 있는 듯 느껴지는 발자크는 지금도 자신의 대프로젝트 〈인간 희극〉을 완성하기 위해 바뱅역 앞을 오가는 보행자들을 주의 깊게 관찰하고 있는 것 같다. 그가 남긴 명언을 다시 한 번 되새겨 본다.

"사람의 얼굴은 하나의 풍경이며, 한 권의 책이다."

클로드 모네의 에트르타

프랑스 북부 노르망디 지방에 위치한 작은 마을 에트르타(Etretat)를 알게 된 것은 그리 오래전 일은 아니다. 약 4년 전 우리 회사의 두 번째 프랑스 파트너였던 랑프 베르제(Lampe Berger)사 제품 중에 '에트르타'라는 상품이 있었다. 낱말 뜻이 궁금해 프랑스어 사전을 뒤적여도 단어를 찾을 수 없어 거래처 직원에게 물어보니, 노르망디주의 한 작은 바닷가 마을이라는 설명과 함께 친절하게 사진까지 곁들여서 보내 줬다.

해안선 언덕 막다른 바위가 바닷물에 잠기면서 그 사이에 구멍이 아래위로 길게 뚫려 아치 형태를 이룬 특이한 사진 속 풍경은 단번에 내 눈길을 사로잡았다. 기암절벽의 독특한 형상은 마치 거대한 코끼리가 바닷물에 코를 담근 것 같은 이미지를 연출하고 있었다. 가 본 적이 없는 곳이니 처음 보는 풍경이 맞는데 데쟈뷔(déjà-vu)처럼 내게 낯설지 않게 다가왔다. 그러나 곧 에트르타는 다시 내 기억의 심연에 묻혔다.

내가 에트르타를 다시 만난 건 프랑스 유학 시절 소르본에서 프랑스 지리 강의를 들을 때였다. 인상파 화가들의 많은 그림 중 클로드 모네의 작품 〈해 질 무렵의 에트르타〉 연작을 감상하면서, 4년 전 경험했던 데쟈뷔의 실마리를 찾을 수 있었다.

가장 소중한 내 기억의 서랍 속엔 첫 번째 방문했던 파리의 추억이 고스란히 담겨 있다. 큰아들이 태어난 다음 해인 1982년 첫 번째 파리 출장 스케줄이 확정됐다. 처음 가 보는 파리에 대한 기대감은 물론이고, 결혼 후 처음으로 9개월 동안 떨어져 있었던 남편과의 랑데부를 준비하느라 출발 전부터 정신이 없었다. 그 해 달력의 마지막 한 장을 남겨 둔 어느 일요일 오전, 나는 생애 처음으로 파리 샤를 드골 공항에 도착했다. 도쿄와 앵커리지를 경유하는 스케줄로 한국 출발부터 도착까지 20시간 이상 걸렸지만 여행의 피로감보다는 오랫동안 꿈꿔 왔던 파리에 드디어 왔다는 설렘으로 흥분을 감출 수가 없었다.

기대가 크면 비례해서 실망감도 크다고 했던가. 공항에서 호텔로 가는 동안 차창 너머로 바라본 휴일 아침 파리 풍경은 화려함보다는 스산함이 묻어났다. 그러나 파리가 스산함만이 아닌 다양한 페르소나를 연기하는 배우의 얼굴을 가졌다는 사실을 깨닫는데는 그리 오랜 시간이 걸리지 않았다. 5일간의 교육 과정이 끝나고, 주말에 사우디 다란에서 오는 남편을 마중하기 위해 나선 길에서 차창으로 무심하게 스치던 거리 모습은 바로 며칠 전 느꼈던 첫인상과 달리, 오랜 세월 동경했던 내 상상 속 파리에서 크게 벗어나지 않았다.

회사에는 주말에 사우디 거래처에 다녀오겠다고 둘러댄 남편의 재치 있는 무용담을 시간 가는 줄 모르고 듣다 보니 어느덧 호텔에 도착했다. 교육 기간 동안 머물렀던 호텔과는 비교가 안 되는 럭셔리 호텔 메리디엥에 체크인하게 된 행운을 나도 열심히 남편에게 자랑했다. 에어프랑스 계열사인 메리디엥 호텔의 프로모션 행사에서 내가 한국 여행객에게 20박의 호텔방을 판매하고 당당히 2박의 무료 호텔 숙박권을 획득했노라고. 난 마치 올림픽에서 금메달이라도 딴 것처럼 의기양양했다.

크리스마스를 불과 일주일 앞둔 샹젤리제의 마로니에는 모두 반짝이는 꼬마전구로 뒤덮였다. 그때까지 한국에서는 이런 거대한 크리스마스트리를 볼 기회가 별로 없었기에 우리는 끝없이 이어지는 휘황찬란한 빛의 세계로 빨려 들어갔다. 그날 밤 우린 이 세상에서 가장 행복한 커플이었다. 〈샹젤리제에서〉라는 샹송의 가사가 이날 우리의 마음을 정확하게 표현해 주었다.

마음을 활짝 열고 샹젤리제 거리를 거닐었죠.
모르는 사람 누구에게라도 '봉주르' 하고 인사하고 싶었지요.
그 사람이 바로 당신일지도 모르지요.
샹젤리제에는 당신이 원하는 모든 것이 다 있답니다.

꿈같은 파리에서의 랑데부 첫날을 보낸 다음 날, 우린 튈르리 공원 안에 있는 주드폼(Jeu de Paume) 미술관에 갔다. 지금은 인상파 거장들의 작품 대부분이 오르세 미술관에 전시돼 있지만, 그때는 이곳이 인상파 화가들의 보고였다. 인상파가 뭔지도 몰랐던 학창 시절에도 미술 교과서에서 매번 마주치던 그림들의 작가들이었다. 클로드 모네, 오귀스트 르누아르, 카미유 피사로 등등⋯⋯. 그 수많은 회화 작품 중에서도 다수의 인상파 화가들이 앞다투어 그렸던 에트르타의 압도적인 풍광이 오래도록 내 뇌리에 남았다.

다음 날 아침, 우린 재회했던 드골 공항에서, 다시 각자의 현실로 돌아가야 했다. 그는 사우디 다란으로 나는 서울로. 통속적인 유행가 가사처럼 우리는 다시 기약 없는 이별을 했다. 달콤한 랑데부 뒤에는 가눌 수 없을 만큼 슬픈 이별이 기다리고 있었다. 그러나 그 아름다운 추억은 그림 속 에트르타의 풍경과 함께 오래도록 마음에 남았다.

소르본 유학원의 모든 강좌와 시험이 끝나고 졸업식을 일주일가량 남겨 두고 있을 때였다. 불현듯 지난 달 지리 강의에서 본 에트르타 기암절벽의 멋진 장관이 계속 머릿속에서 맴돌기 시작했다. 뼛속까지 스며드는 파리의 1월 추위보다 더 매섭다는 노르망디 겨울 날씨 얘기는 많이 들었지만, 난 결국 '에트르타' 코끼리 바위의 유혹에 넘어가고 말았다. 그리고 내친김에 근처 도시 옹플레르와 르아브르까지 섭렵하겠노라, 노르망디 상륙 작전을 개시하는 것처럼 전의를 다졌다.

나의 노르망디 상륙 작전은 생라자르역에서 시작됐다. 오전에 기차를 타고 르아브르에 내리니 겨울비답지 않은 장맛비가 쏟아졌다. 다행히 에트르타행 버스를 기다리는 동안 빗줄기가 잦아들었고 버스가 출발할 때는 완전히 그쳤다. 장엄한 노르망디 대교를 건너자 펼쳐지는 길은 고즈넉한 시골 길이었지만 포장도로로 이어져 불편함은 없었다. 그냥 종점까지 아무 생각 없이 바깥 풍경만 구경하며 가도 좋겠다고 생각하던 중에 어느덧 목적지에 도착했다.

에트르타가 비수기에도 많은 여행객들이 찾는 유명관광지일 거라 생각했던 내 기대는 버스에서 내리는 순간부터 여지없이 무너졌다. 장바구니를 든 마을 주민 한 명과 나를 내려 주고 버스는 즉시 출발했다. 이곳이 에트르타가 맞는지 다시 한 번 확인하려고 했지만 같이 하차했던 마담은 서둘러 갈 길을 재촉했다. 주위는 순식간에 정적에 휩싸였다. 낯선 적막감에 당황하고 있을 때 길 건너편에 있는 시청 건물이 눈에 들어왔다.

파리의 번잡함에 너무나 익숙해진 나머지 이 작은 마을의 고요함이 무척 낯설게 느껴졌다. 이런 마을에 바닷가가 있기는 한 건지 한편으로는 걱정이 됐지만 계속 발걸음을 옮겼다. 그런데 곧 나는 눈을 의심하지 않을 수 없었다. 일부러 몰래 숨어 있었던 것처럼 갑자기 눈앞에 하얀 조약돌이 깔린 해변이 펼쳐졌다. 그리고 바로 정면에 클로드 모네가 그렇게 멋지게 캔버스에 옮겨 놓았던 기암절벽이 바다에 발을 담그고 있었다.

그런데 에트르타를 처음 만난 감상을 뭐라 표현해야 할까, 첫 느낌은 배신감이었다. 니스 해변은 아니더라도 해운대만큼 길게 펼쳐진 해변을 상상했던 것이다. 우선 규모 면에서 내가 상상했던 스케일에 비해 너무 초라해서 실망이 이만저만이 아니었다. 캔버스 속 풍경에 내 상상을 더한 멋진 풍광을 기대하고 있다가 느닷없이 마주친 에트르타의 진짜 얼굴은 내게 큰 상실감을 안겨 줬다.

사실 노르망디 여행에서 가장 기대가 컸던 장소가 바로 이곳이었다. 사진과 클로드 모네의 그림 속 에트르타 절벽은 독특할 뿐만 아니라 웅장함을 유감없이 뽐내고 있었다. 자연에 대한 경외감을 느낄 수 있을 거라 상상했는데, 바로 눈앞에서 실제 기암절벽을 마주하고 보니 그동안 꿈꿔 왔던 환상이 무너지는 듯 다리에 힘이 풀리고 갑자기 피로가 몰려왔다.

고등학교 때 경주로 수학여행을 갔던 기억이 떠올랐다. 가기 며칠 전부터 드디어 포석정을 볼 수 있다는 생각에 잠까지 설쳤던 기억이. 통일신라 문화 유적 중에서 가장 낭만적으로 다가왔던 연회 장소가 포석정이었다. 흐르는 물 위에 술잔을 띄우고 시를 짓는데, 술잔이 아홉 구비를 다 지날 때까지 시를 짓지 못하면 벌주를 마셨다는 국사 선생님의 멋진 설명에 옛 선조들의 운치를 떠올리며 우리 문화에 대한 자부심까지 느꼈었다. 하지만 물도 없는 메마른 땅 위에 굽이굽이 물결 모양만이 남아 있는 초라한 모습에 얼마나 실망을 했었던지. 에트르타를 본 첫 느낌이 바로 그 옛날 포석정을 봤을 때 느꼈던 배반감이었다.

그래도 이곳에 왔으니 절벽 위에까지 올라가 보자고 마음을 다잡던 바로 그 순간, 걸음을 제대로 옮기지 못할 만큼 거센 바닷바람이 세차게 몰아쳤다. 야속한 날씨를 탓하며 사진만 몇 장 찍은 후, 아쉬움을 뒤로 하고 쓸쓸히 발길을 돌렸다.

카페에서 차를 마시며 몸을 녹이면서 프랑스 화가들이 캔버스에 옮겨 놓은 에트르타의 모습을 떠올렸다. 시시각각 변하는 빛의 움직임을 따라 낙조가 드리운 환상적인 풍경은 지금 이곳에서는 찾아볼 수 없었다. 클로드 모네의 그림에 기대감까지 더해 상상 속 에트르타만 그리다 보니 이런 큰 간극이 생겨난 걸까.

카페에서 나오면서 아쉬움에 다시 한 번 바닷가 쪽으로 몸을 돌렸지만, 바람은 오전보다 더 매서운 기세로 몰아치고 있었다. 시청사 앞으로 버스가 오는 것을 보고 나는 주저 않고 정거장 쪽으로 뛰어서 그 버스에 올랐다. 르아브르로 돌아오는 버스가 노르망디 대교를 건널 때는 다시 빗방울이 후두둑 떨어지기 시작했다.

아름다운 항구 도시 옹플레르

프랑스에서 유학 중이던 2015년 1월 나는 뼛속까지 스며드는 겨울 추위도, 또 노르망디의 겨울은 을씨년스럽다는 친구의 충고도 아랑곳 않고 여행의 설렘만을 가득 안고 노르망디로 출발했다. 여행의 첫 번째 목적지는 아름다운 항구 도시 옹플레르였다. 생라자르 역에서 TGV로 2시간 남짓 달려 노르망디 지방의 주도(主都)인 르아브르에 도착했다. 그곳에서 다시 옹플레르로 떠나는 버스를 기다리며 바라본 찬란한 겨울 햇살은 이 여행에 대한 기대감만큼이나 따스했다.

하지만 희망에 부풀었던 여행의 설렘이 노르망디의 악명 높은 날씨에 대한 걱정으로 바뀐 것은 순식간이었다. 세계에서 두 번째로 길다는 사장교 노르망디 대교를 건널 때 흩뿌리기 시작한 가랑비가 첫 번째 주탑을 지나고 두 번째 주탑을 지나면서 점점 굵은 빗방울로 변하는 것을 바라보며, 나는 이번 여행이 순탄치 않을 것이라는 나쁜 예감을 지울 수가 없었다. 7년의 공사 기간을 거쳐 1995년 준공된 이 유명한 다리는, 대교를 지탱하고 있는 두 주탑의 길이만 850미터가 넘는 장관을 연출하고 있었지만, 그때는 그 모습이 눈에 들어오지 않았다.

르아브르에서 출발한 버스는 30분 정도 달려 옹플레르에 도착했다. 처음 만난 낯선 도시였지만, 빗속에서도 정겨움이 느껴지는 조용한 항구 도시였다. 버스터미널은 한국의 소읍 같은 지방 도시에서 볼 수 있는 조촐한 규모였지만, 도시의 편리함과 시골의 조용함을 모두 갖춘 오래된 도시의 매력을 물씬 발산하고 있었다.

터미널 바로 건너편에 IBIS 호텔이 보였다. 반가운 마음에 한걸음에 달려갔지만 내가 예약한 호텔과 상호만 같을 뿐 다른 호텔이었다.

도보로 10분이면 충분히 갈 수 있다는 호텔 직원의 말과 달리, 처음 방문한 도시에서 비 오는 날 우산을 쓰고 캐리어를 끌며 찾아가는 호텔은 아득히 멀게만 느껴졌다. 호텔에 도착했을 때 로비에 있는 거울에 비친 내 모습은 마치 비 맞은 생쥐처럼 옷과 운동화가 흠뻑 젖어 있었다. 앞으로 겨울에 다시 노르망디를 방문한다면 삼단 접이 우산과 함께 우의도 꼭 준비하겠노라 다짐했다. 나는 호텔 방에 들어가서야 비로소 안전한 곳에 도착했다는 안도감에 긴장을 풀 수 있었다.

이 낯선 도시에서 엄마 품처럼 아늑한 호텔방이라도 없었다면 난 정말 펑펑 울었을 거다. 바로 그날 아침 큰 기대를 안고 떠났던 여행의 설렘이 채 하루도 지나기 전에 실망감으로 바뀌다니……. 그냥 즉시 파리에 있는 아파트로 돌아가고 싶다는 생각을 잠깐 했다. 하지만 따뜻한 물로 샤워를 하고, 라면으로 이른 저녁 식사를 하고 나니 다시 기분이 좋아지면서 우울한 생각은 모두 잊어버렸다.

다음 날 아침 눈을 뜨자마자 커튼을 젖히고 창밖을 내다봤다. 아직도 하늘엔 먹구름이 짙게 드리워져 있었고, 빗줄기는 가늘어졌지만 비는 계속 내리고 있었다. 히터의 열기로 젖었던 코트와 운동화가 모두 뽀송뽀송하게 말랐다. 간밤의 단잠과 그 포근한 느낌이 물 먹은 솜처럼 축 처졌던 내 몸과 마음에 다시 여행을 계속할 수 있는 에너지를 만들어 줬다. 크루아상과 커피 한 잔으로 간단한 아침 식사를 끝내고 나는 활기차게 항구 도시 탐험을 시작했다.

우선 버스터미널 근처에 있다는 관광안내소를 찾아 나섰다. 어제는 그렇게 아득히 멀게만 느껴졌던 길은 호텔 직원의 말대로 걸어서 10분 거리였다. 익숙한 길인 듯 나는 안내소를 쉽게 찾았다. 안내 책자와 지도를 받고 나오려는데, 직원이 내게 이어폰을 대여할 건지 물었다. 난 잠깐 망설이다 빗속에서 이어폰을 끼고 혼자 걸어 다니는 도시 탐험도 좋은 추억이 될 것 같아 아낌없이 7유로를 투자했다. 이어폰을 끼고 빗길을 걷자 마치 눈에는 보이지 않는 여행의 동반자가 생긴 것처럼 든든했다. 탁월한 순간의 선택에 만족하며 나는 오래전 비디오로 봤던 뮤지컬 영화 〈Singin' in the rain〉을 떠올렸다.

노란 레인 코트에 장화를 신었던 주인공 진 켈리는 쏟아지는 빗속에서도 마냥 행복한 모습이었다. 가로등에 매달려 빙그르 돌며, 빗물 웅덩이에서 첨벙대며 뛰던 모습은 이 영화에서 가장 인상적인 장면이었다. 그때 그 순간 나도 모르게 영화 속 장면이 생각나면서 내가 행복한 사람이라는 느낌을 가졌다. 그리고 나는 한국에 두고 온 모든 그리운 사람들을 생각했고, 비로소 혼자가 된 외로움을 느꼈고, 옹플레르가 낳은 천재 작곡가 에릭 사티를 생각했다.

"너무 낡은 시대에 너무 젊은 영혼으로 온 사람"

사티는 스스로를 이렇게 평했다. 동시대 음악과는 화합할 수 없었던 독특한 음악 세계를 보여 준 그가 추구했던 단 하나의 이상은 '단순함'이었다. 그래서 에릭의 음악은 처음 들을 땐 차갑고, 건조한 것 같지만 들을수록 감각적으로 다가온다. 실제로 지금도 TV 광고나 배경 음악으로 많이 쓰이는 그의 대표곡인 짐노페디 3곡은 150여 년 전에 작곡한 곡이라고는 믿기 어려울 정도로 현대적인 선율로 이루어졌다.

사티는 20세기 아방가르드 작곡가 중에서도 상당히 독특한 음악가였다. 20대에 고향을 떠나 파리 몽마르트르에 정착하여 스테판 말라르메, 폴 베를렌 같은 시인과 오랜 우정을 쌓았다. 카바레에서 자신이 작곡한 곡을 피아노로 연주하며 생계를 꾸렸고, 평생을 가난과 고독으로 보내며 죽을 때까지 독신으로 살았지만, 그에게는 단 한명의 영원한 베아트리체가 있었다. 당시 여자가 드물었던 프랑스 화단에서 당당하게 자신의 이름을 올렸던 쉬잔 발라동이 바로 에릭 사티의 베아트리체였다.

쉬잔은 세탁부의 사생아로 태어나 어려서부터 비천하게 살았고, 15살 때 서커스단에서 일하다가 그네에서 떨어지는 사고를 당한 후 거리를 전전했으나, 파리 몽마르트르에 거주하는 화가들의 모델 일을 하며 인생의 전환점을 맞았다. 어깨너머로 배운 그림 실력으로 당당하게 화가가 된 것이다. 말년에는 몇 손가락 안에 꼽히는 여화가로 몇 차례 개인전시회도 열었고, 역시 사생아로 태어난 그녀의 아들 모리스 위트릴로와 함께 합동 전시회까지 성공리에 마쳤다. 그는 현대미술사에서 빼놓을 수 없는 파란만장한 삶을 살았던 인물이었다.

쉬잔은 팔색조의 매력을 가진 모델이었다. 르누아르의 화폭 위에서는 통통하고 풍만한 귀여운 아가씨의 모습으로 그려진 반면, 로트레크는 너무 어린 나이에 세상을 알아 버린 그녀 내면의 고통을 있는 그대로 신신한 삶에 지친 여인의 모습으로 그렸다. 모델 일을 하며 틈틈이 인상파 화가들이 그림 그리는 것을 어깨너머로 익혔던 그녀는 그림에 뛰어난 소질을 발휘했다. 그녀의 재능을 가장 먼저 알아본 화가는 로트레크였다. 쉬잔이란 예명을 붙여 주고, 본격적으로 미술 수업을 받을 수 있도록 드가에게 그녀를 소개했던 것도 그였다.

귀족 가문에서 태어났지만 어렸을 때 사고로 성장이 멈춰 하반신 불구로 살아야 했던 로트레크는 누구보다 힘든 삶을 살아가는 그녀를 잘 이해해 주었다. 하지만 막상 그녀가 자신에게 청혼을 했을 때는 일언지하에 거절함으로써 그녀를 절망시키기도 했다.

쉬잔의 남성 편력은 사티와의 동거로 이어졌다. 하지만 자유로운 영혼의 소유자였던 두 사람의 사랑은 쉬잔이 아파트에서 뛰어내리는 난리를 치르며 6개월 만에 막을 내렸다. 짧은 시간이었지만 쉬잔은 자신의 주요 작품 중 하나인 에릭 사티의 초상화를 남겼고, 사티는 그녀와 나눴던 사랑의 기억을 한평생 간직하며 평생을 독신으로 보낸 순애보의 주인공이 됐다. 그녀를 향한 애절했던 사랑의 추억을 노래한 곡 '난 널 원해(je te veux)'는 짐노페디 3곡과 함께 사티를 대표하는 피아노곡으로 유명하다.

그래도 사티의 재능을 가장 높이 샀던 예술가는 장 콕도였다. 그의 음악이 대중에게 알려지기 시작한 것도 콕도와 함께 작업했던 발레극 〈Parade〉 덕분이었다. 증기선의 뱃고동, 북소리와 사이렌 소리 등을 피아노 선율로 표현했던 혁신적인 작업은, 시대를 너무 앞서간 괴짜 예술가의 독특한 음악 세계를 이해하지 못하는 청중들을 향한 그의 절규처럼 느껴진다. 무명의 가난했던 음악가가 59세로 생을 마감했을 때, 그의 방에는 발라동이 그려 준 자신의 초상화와 헤어진 그녀에게 부치지 못한 편지 묶음이 그대로 남아 있었다.

어느새 사티 박물관에 도착했다. 이 집은 음악가가 어머니를 잃고 아버지와 헤어져 조부모와 함께 살았던 집이다. 6살이라는 어린 나이에 돌아가신 어머니를 그리며, 그 상실감을 외할머니에게 의지하며 살았던 음악가의 어린 시절 추억이 가장 많이 남아 있는 장소라 할 수 있다. 1월이라 굳게 닫힌 박물관 문 앞에서, 나는 아쉽지만 천재 음악가와의 만남은 다음을 기약할 수밖에 없었다.

아쉬움을 뒤로 하고, 나는 다시 항구 쪽으로 발걸음을 옮겼다. 요트와 배들이 정박해 있는 포구를 따라 아기자기한 건물들이 항구 주변을 병풍처럼 에워싸고 있다. 제2차 세계대전의 포화를 비켜 간 덕분에 중세 때 모습을 그대로 간직하고 있는 이곳은 무척 정감어린 도시다. 옹플레르 출신의 풍경화가 외젠 부댕은 물론,

귀스타브 쿠르베, 클로드 모네 그리고 네덜란드 화가 용킨트까지 앞다투어 풍경화로 남겨 놓은 아름다운 항구의 그림 속 풍경은 현재의 모습과도 크게 다르지 않다.

박물관이 문을 닫는 겨울에는, 항구 주변에 즐비한 수많은 레스토랑들이 그곳에 입장하지 못한 사람들의 아쉬움을 달래 주려는 듯 맛있는 메뉴를 경쟁적으로 내놓고 있었다. 포구를 'ㄷ'자 모양으로 에워싼 레스토랑 중에서, 내부 분위기와 메뉴가 맘에 드는 곳을 찾아 들어갔다. 이곳도 마르세유에서처럼 노천 쪽은 매서운 바닷바람을 피할 수 있도록 비닐로 씌워 놓았다. 레스토랑 안쪽이 더 따뜻하긴 하지만, 항구를 마주 보려면 좀 추워도 바깥 테라스가 낫다. 밖에선 안 보였는데, 안으로 들어오니 테라스 쪽엔 난로도 있고 무릎 담요까지 준비돼 있어 생각만큼 춥지는 않았다.

포르밀(Formule)이라 부르는 세트로 구성된 적당한 가격의 코스 요리를 시켰다. 애피타이저로 나온 감자 수프를 한입 가득 넣는 순간, 오전 내내 빗속을 걸으며 떨었던 몸과 마음이 한순간에 녹아내리는 것 같았다. 뭐라 표현하기 힘든 슬픔이 눈부신 기쁨으로 변했다. 메인 요리로 나온 홍합 스튜까지 맛있게 먹고 나니 디저트 순서가 남았다. 세트로 정해진 코스 요리였지만 디저트는 두 가지 중에서 선택할 수가 있었다.

슈크림을 달고나처럼 불에 녹여 만든 달달한 크렘 브륄레와 치즈 중에서 치즈를 골랐다. 크렘 브륄레는 내가 좋아하는 디저트지만, 낙농업으로 유명한 노르망디 지방에 왔으니 치즈를 맛보지 않을 수 없었다.

치즈가 먹음직스럽게 디저트 접시에 나란히 놓여서 나왔다. 노르망디를 대표하는 연성 치즈 카망베르와 브리였다. 치즈 세 조각을 말끔히 비우고 커피까지 마시니 세상에 부러울 것이 아무것도 없었다.

맛있는 음식을 먹고 나자 뿌듯함이 밀려오며 멜랑꼴리했던 기분이 날아갈 듯 상쾌해졌다. 차창 너머 비 내리는 겨울 항구를 바라보며 혼자 늦은 점심을 먹는 것도 생각만큼 처량하지는 않았다. 짧은 겨울 해가 어둠을 재촉하는지 벌써 바깥에는 어둠이 내려오고 있었다. 포만감에 살포시 피로가 몰려오며 호텔로 발걸음을 재촉했다. 다음 날도 이곳엔 비가 내린다는 일기예보에 더 이상 미련 갖지 않고 르아브르로 돌아가기로 결심하니 오히려 마음이 편했다.

일기 예보는 정확했다. 내가 옹플레르에 도착했던 첫날부터 만났던 노르망디표 비는 우리들의 이별이 아쉬운지 떠나던 날 이른 아침부터 주룩주룩 내렸다. 르아브르로 돌아가기 위해 다시 한 번 노르망디 대교를 건널 때는 까닭 모를 슬픔이 밀려오며, 문득 젊은 시절 태어난 지 3개월밖에 안 된 큰아들을 안고 울면서 건넜던 영동교의 가슴 아팠던 기억이 떠올랐다.

큰아들을 낳은 후 출산 휴가 기간 한 달 동안에는 친정엄마가 오셔서 손자를 봐주셨지만, 막상 다시 출근을 하려니 육아가 큰 고민이었다. 올케 언니 눈치가 보여 오빠 집에 계시는 친정엄마에게 아이를 맡기기도 어려운 상황이었다. 그런데 시어머님께서 먼저 그 좋아하시는 술도 끊으시고 장손을 봐주시겠다고 제안하셨다. 다른 선택이 없었던 나는 어머님의 약속을 그대로 믿고 우리 가족은 당신과 함께 살 집으로 이사했다. 하지만 그 언약은 채 한 달을 못 채우고 깨졌다.

퇴근 후 어느 날, 현관문을 열었을 때 들렸던 큰아들 울음소리에 나는 가슴이 철렁 내려앉았다. 방에 들어가 보니 시어머님은 안 계시고 아이만 혼자서 울고 있었다. 아들을 안았을 때 확 끼쳤던 술 냄새에 나는 제정신이 아니었다. 무조건 아이를 둘러업고 정신없이 택시를 탔다. 친정엄마가 계신 오빠 집으로 가는 택시 안에서 나는 하염없이 울었다. 마치 내가 이 세상에서 가장 불행한 여자인 듯이……

왜 비 내리는 노르망디 대교를 건널 때 그 시절의 기억이 떠올랐는지 모르겠다. 아마 아름다운 도시 옹플레르에 와서 이틀 동안 비만 실컷 맞고 떠나는 아쉬움에 잊고 싶지만 잊히지 않는 가슴 아팠던 기억이 겹쳐져 떠올랐던 것일까. 힘겨운 여행일수록 더 오래 마음에 남는다는 말을 제대로 실감했다. 예정된 스케줄대로 무난하게 끝났던 여행들과 달리 유독 노르망디 여행의 기억은 시간이 지날수록 더욱 새록새록 떠올라서, 내 추억의 서랍에서 자주 꺼내 보게 된다.

몽생미셸의 회상

파리 유학 생활 중 연말연시를 몽생미셸에서 보낸 기억은 특별하다. 그곳으로 여행을 떠난 이유는 내 기억의 보석상자 안에서 여전히 영롱한 빛을 발하는 추억 때문이었다. 30여 년 전 영상을 회상하며 방문한 바위섬 수도원은 남다른 감회를 선물했다.

신혼 때는 연례행사처럼 이사를 자주 다녔다. 캠퍼스 커플이었던 우리가 결혼 후 학교 근처 이문동에서 살았던 적이 단 한 번 있었다. 민주화에 대한 열망이 최고조에 달했던 시절, 교내 방송국장이라는 이유만으로 억울하게 제적됐던 남편의 복학이 결정된 후 우리는 학교 근처로 이사했다. 방 하나에 부엌 딸린 단출한 전셋집이었지만, 부엌문이 외부로 나 있는 장점 하나로 우리는 주저 않고 단번에 계약을 했다.

하지만 장점이 오히려 치명적인 단점도 될 수 있다는 인생의 진리를 깨닫기까지는 그리 오랜 시간이 걸리지 않았다. 옹색한 살림살이였지만, 청춘의 꿈이 있었기에 행복했던 시절이었다. 하지만 어느 날 허술한 자물쇠를 부수고 도둑이 들어 방을 난장판으로 만들어 놓고 간 후로는 더 이상 그곳에서 살 수 없었다. 비록 잃어버린 물건은 양주 한 병과 결혼 선물로 받았던 카세트 라디오가 전부였지만…….

그 후 우리는 다시 주말마다 전세방을 찾아 이곳저곳을 떠돌았다. 우울하게 비가 내렸던 어느 일요일도 이사할 곳을 찾아다녔지만, 아무런 소득 없이 실망감만 가득 안고 집으로 돌아가야 했다. 어떤 위안의 말도 찾지 못하고 힘없이 걸어갈 때 갑자기 내 눈을 번쩍 뜨게 만들었던 영화 포스터가 있었다. '새 전세방 찾기'라는 냉혹한 현실은 잠시 내려두고 나는 곧 영화의 세계로 빠져들었다. 그날 봤던 영화가 지금도 생생하게 기억하는 〈라스트 콘서트〉다.

슬럼프에 빠진 피아니스트 리처드와 백혈병에 걸려 시한부 인생을 사는 스텔라의 애절한 사랑 이야기는 연인들의 감성을 자극하기 좋은 소재였다. 하지만 그 절절한 러브 스토리보다 내 마음에 더 깊은 인상을 남겼던 장면은 두 연인이 우연히 만나 함께 걸었던 해안가 모래사장 뒤로 점점 클로즈업되면서 나타난 웅장한 건축물이었다. 바위섬에 홀로 도도하게 우뚝 솟아 있던 환상적인 뾰족탑의 수도원은 단번에 내 마음을 송두리째 빼앗았다.

그때는 그 멋진 건축물이 몽생미셸 수도원인 줄 몰랐다. 그리고 시간이 지나면서 그 기억은 잊은 줄 알았다. 어느 날 TV 광고에서 몽생미셸 전경이 멋지게 나왔을 때 나는 반가운 마음에 화면에서 눈을 떼지 못했다. 에드워드 엘가의 〈위풍당당 행진곡〉이 흐르며 나타난 바위섬 위 수도원 경관은 변함없이 매혹적이었다. 나는 항상 그곳에 가고 싶었다. 맞아 바로 저기야. 내가 꼭 가고 싶었던 곳. 타이틀곡에 걸맞게 몽생미셸은 위풍당당한 자태를 자랑하고 있었다.

소르본 유학원의 첫 수업에서 만났던 다문은 우리 반에서 나를 제외한 유일한 한국 유학생이었다. 막내아들보다 나이가 더 어린 그녀는 스스럼없이 나를 언니라고 불렀고 우리들은 자연스럽게 친구처럼 지냈다. 그리고 겨울방학 기간 중 연말연시를 몽생미셸에서 보내는 여행을 함께하게 됐다. 이틀 전 먼저 출발한 다문과 만나기 위해 나는 몽파르나스 역으로 출발했다.

렌(Rennes)까지는 TGV를 타고 다시 완행열차로 갈아 탄 후 퐁토르송(Pontorson)에 도착했다. 플랫폼 밖으로 나오니 역사는 보수 중이라 잠겨 있었고, 조금 전 함께 내렸던 여행객들은 이미 뿔뿔이 흩어져 주위엔 한순간 적막감이 흘렀다. 우리나라 시골 간이역보다 더 을씨년스러운 풍경 앞에서 나는 잠시 망연자실했다. 몽생미셸의 화려함 뒤에 드리워진 그림자가 너무 초라하다는 생각을 잠시 하고 있었는데, 한 가족으로 보이는 동양인 3명이 내 앞으로 다가오고 있었다.

"한국 분이신가요?"

"네. 몽생미셸 가시는 건가요?"

모국어가 이렇게 반가울 줄이야. 부산에서 전날 출발해 파리를 거쳐 곧장 이곳으로 왔다는 그들은 반나절 동안 몽생미셸을 보고 다음 날 아침 일찍 다시 파리로 돌아가야 한다고 무척 서둘렀다. 하지만 버스 이외 다른 대체 교통수단이 없었기 때문에, 나는 한국인 관광객과 함께 컨테이너로 급조한 임시 매표소에 들어가 버스를 기다렸다. 출발 시각이 가까워 오자 몇몇 관광객이 더 합류한 후 버스는 정시에 출발했다.

몽생미셸 해안은 유럽에서 간만의 차가 가장 심한 곳이다. 썰물과 밀물의 차이는 가장 큰 경우 15m를 넘는다고 한다. 해안은 매우 평평한 모래지대로 썰물 때에는 바다가 20m 밖까지 밀려난다. 그래서 이 주변 목초지대의 양들은 소금이 배어든 해안의 풀을 뜯어 먹고 자라서 그 고기 맛이 일품이라고 했다. 야들야들 적당히 간이 밴 양고기는 상상만으로도 입에 군침이 가득 고이게 했다.

이곳의 끝없는 모래에는 전설과 신비가 깃들어 있다. 성 미카엘 산이라는 의미의 몽생미셸(Mont Saint-Michel)은 오베르 주교가 꿈속에서 대천사 미카엘의 계시를 받고 이 외딴 바위섬에 수도원을 지었다고 하는 유명한 전설이 있다. 이런저런 생각을 하고 있을 때, 홀연히 수평선과 맞닿은 섬 위에 홀로 도도하게 서 있는 몽생미셸의 신비한 모습이 나타났다. 오래전 스크린에서 봤던 그 영상처럼 감탄을 멈출 수 없는 경관에 나는 숨을 죽였다. 가까이 다가갈수록 기품과 위엄이 느껴졌고, 하늘을 찌를 듯한 첨탑 꼭대기에 서 있는 황금빛 미카엘은 곧 비상할 듯 활짝 날갯짓을 하고 있었다.

마을을 둘러싼 성벽 입구로 들어선 순간의 그 경이로움이란. 나는 마치 타임머신을 타고 중세시대에 와 있는 듯한 신비한 착각에 빠졌다. 수도원으로 가는 오르막 자갈길의 그 짧은 구간에 기념품점, 카페, 레스토랑 등 관광객을 위한 시설이 오밀조밀 붙어 있었다. 이 상점가는 중세에 이미 형성되어 있었다고 한다. 가톨릭교회의 주요 순례지였던 이곳은 성지순례를 온 순례자들을 위해 신을 만나러가는 문 앞에서 속세의 삶에 필요한 것들을 보여 주기 위해 꼭 필요했던 존재였다.

건물에 남아 있는 노르만, 로마네스크, 고딕 등의 다양한 건축 양식은 천 년이 넘는 교회의 역사를 보여 주는 산증인이었다. 내가 도착했을 때 교회는 이미 문을 닫아 내부로 들어갈 수는 없었다. 그러나 그 입구에서 바라본 계단의 높이만으로도 신에게 다가가는 길이 얼마나 험난한 고난의 길인지 헤아릴 수 있었다.

고딕 양식의 걸작으로 일컬어지는 메인 건물 화려관(La Merveille)을 방문할 수 없었던 것이 큰 아쉬움으로 남았다. 교회 건물 주위로 미로처럼 연결된 망루와 성벽은 대부분 백 년 전쟁 중에 축조된 군사 시설이다. 1346년 영국왕 에드워드 3세가 자신이 프랑스 왕위를 계승해야 한다고 주장하며 코탕탱 반도에 상륙하면서 백 년 전쟁이 시작됐다. 그러나 몽생미셸은 바다라는 자연의 혜택과 견고하게 쌓아 올렸던 옹성으로 한순간도 영국군의 지배를 받은 적이 없었다.

전망대 너머로 진한 잿빛 갯벌이 펼쳐져 있었다. 썰물 때는 주변 1km까지 산책로가 된다. 수세기 전 순례자들은 썰물 때까지 기다린 후에야 수도원 안으로 걸어올 수 있었다. 미처 빠져나가지 못한 바닷물의 웅덩이는 점점이 흩어져 조르주 쇠라 그림 속 점처럼 눈부시게 반짝였다. 저 멀리 석양이 지고 있었다. 하루 중 가장 아름다운 경관을 연출하는 순간이었다.

성 밖으로 나왔을 땐, 어슴푸레한 어둠이 낮게 깔려 있었다. 그때 갑자기 주위가 밝아지며 사람들의 탄성이 사방에서 들렸다. 화려한 조명으로 치장한 몽생미셸은 찬란한 모습을 연출했다. 낮에 보인 모습이 기사복을 입은 잔 다르크라면, 밤의 조명으로 치장한 그녀는 앙투아네트처럼 화려한 자태를 뽐냈다. 호텔로 돌아오는 버스 안에서 점점 멀어지는 그녀와의 이별이 아쉬워 나는 계속 뒤를 돌아봤다.

몽생미셸이 시야에서 사라지자 갑자기 시장기가 몰려왔다. 생각해 보니 낮에 기차 안에서 삶은 달걀 한 개와 미니 김밥을 먹은 게 전부였다. 호텔에 짐을 놔두고 저녁 식사를 하러 시내로 나왔다. 시골 마을에 단 두 개 있는 식당은 한 해를 보내는 마지막 날이라 모두 예약이 끝났다. 우린 할 수 없이 문을 연 유일한 빵집에서 바게트만 사서 다시 호텔로 들어왔다.

그래도 한 해를 보내는 마지막 날인데 레스토랑은 아니라도 간단하게라도 맛있는 식사를 하고 싶었는데……. 우린 바게트와 각자 가방에 남아 있는 먹거리를 전부 꺼내서 조촐한 저녁 식사를 하면서 2014년 마지막 날을 보냈다.

다음 날 기차 시각이 오후라 오전에 다시 한 번 몽생미셸을 보러 갔다. 새해를 해외에서 맞는 것도 처음이었지만 이렇게 일출을 보는 것도 난생처음이었다. 나는 마음속에 품고 있던 많은 소망들을 떠올렸다. 파리에서 공부를 마치고 집에 돌아가면 떠나기 전과 다른 내가 되어 있을까. 수많은 생각들이 오고 갔다.

몽생미셸에서 맞이한 새해는 찬란했다. 클로드 모네가 〈인상, 해돋이〉라는 작품에서 그렸던 것과 비슷한 해를 봤다. 화가가 이 그림을 그렸던 곳이 노르망디 지방의 가장 큰 항구 도시인 르아브르였다. 몽생미셸과 같은 노르망디 지역이니 그림에 있는 해돋이의 주인공과 같은 것이리라. 오전과 오후 그리고 밤에 각각 다른 모습을 연출하는 몽생미셸을 다시 내 추억의 서랍 속에 고이 간직하며 난 힘찬 발걸음을 옮겼다. 이렇게 〈라스트 콘서트〉 영화에서 시작된 나의 추억 속 몽생미셸은 이제는 꿈이 아닌 현실로, 또 다른 기분 좋은 여행의 추억으로 아로새겨졌다.

"사막에 피라미드가 있듯이 바다에는 몽생미셸이 있다"

빅토르 위고는 그의 작품 『93년』에서 이렇게 썼다.

"몽생미셸은 이보다 더 아름다울 수도

이보다 더 황량할 수도

이보다 더 장엄할 수도

이보다 더 슬플 수도 없습니다."

불멸의 대서사시, 레 미제라블

대문호 빅토르 위고가 태어난 곳은 프랑스 동부에 위치한 브장송(Besançon)이다. 파리를 프랑스의 전부로 알고 있던 시절, 내가 이 도시를 알게 된 것은 고등학교 시절 내 인생의 멘토였던 프랑스어 선생님 덕분이었다. 교생 실습을 마치고 갓 부임한 선생님은 긴 생머리에 아직 청춘의 풋풋함이 묻어나던 20대 여선생님이셨다. 고등학교 입학 전 우연히 본 〈남과 여〉라는 프랑스 영화에서 주인공 아누크 에메가 속삭이듯 나긋하게 말했던 프랑스어는 이 세상에서 가장 아름다운 언어로 느껴졌다.

그 후 나는 제2외국어로 프랑스어를 선택했고, 첫 수업 시간에 선생님과 만났다. 첫 번째 프랑스어 시험에서 만점을 받았을 때 선생님께서 내게 보내 준 칭찬과 격려는 큰 힘이 됐고, 그 이후로도 프랑스어 성적만큼은 항상 최상위권을 유지했다. 하지만 부임하신 지 2년 남짓 지났을 즈음, 선생님은 국비 장학생 자격으로 브장송으로 유학을 떠나셨다. 난생처음 들어 본 그 도시가 프랑스 어느 지방에 있는지는 중요하지 않았다. 단지 존경하는 선생님이 계신 곳이라는 이유 하나만으로 나는 브장송이라는 도시에 호감을 갖게 됐다.

내가 빅토르 위고에 관심을 갖게 된 계기도 작가가 태어난 곳이 바로 브장송이라는 사실 때문이었다. 고3이 되면서 대학입시 준비로 교과서 의외의 다른 책을 읽을 시간은 없었지만, 그래도 나는 틈틈이 위고의 시를 읽었다. 고등학교를 졸업하기 전 무언가 의미 있는 일을 해 보고 싶었던 나는 프랑스 시를 우리말로 번역하는 일에 도전했다. 그때 선택했던 시가 「내일 새벽이 오면」이라는 빅토르 위고의 시였다.

나는 용감하게 번역한 시를 교내 학보사에 보냈다. 정말 아무 기대도 안했는데, 고교 시절 마지막 학보에는 내 번역시가 실렸다. 아직도 내 앨범에는 그때 번역했던 위고의 시가 누렇게 변한 학보 신문의 한 면을 차지하고 있다. 지금 보면 철자도 많이 틀리고 번역도 직역이라 어색하기 짝이 없지만, 감수성 충만한 시절을 보냈던 청춘의 생기가 느껴져 아련한 그리움이 피어오르곤 한다.

그때는 이 시가 가지고 있는 특별한 의미를 전혀 알지 못했고, 다만 읽을수록 마음에 와닿아서 번역해 봤을 뿐이었다. 그런데 이 작품이 위고가 다섯 자녀 중 가장 사랑했던 첫째 딸 레오폴딘을 센강에서 익사 사고로 잃고 실의에 빠졌을 때 발표한 작품이라는 사실을 알고 나자 그 의미가 더욱 애틋하게 다가왔다.

그 뒤 내가 빅토르 위고를 다시 만난 것은 세계적인 프로듀서 카메론 매킨토시가 제작한 〈레 미제라블〉 뮤지컬 공연을 통해서였다. 1996년 영국 오리지널 팀의 첫 내한공연으로 펼쳐진 〈레 미제라블〉은 그때까지 뮤지컬은 오페라보다 한 수 아래라고 생각했던 내 고정 관념을 완전히 깨 버린 계기가 됐을 정도로 수준 높은 공연이었다. 민중들의 가난과 고통, 시민 혁명 등 다소 무거운 주제를 처음부터 끝까지 극적인 연출로 긴장감을 불어넣으며 가슴 먹먹한 감동을 선사했다.

이런 훌륭한 뮤지컬이 탄생할 수 있었던 배경에는 무엇보다 탄탄한 원작 소설이 있었다. 1862년 첫 출판된 소설『레 미제라블』은 전 10권이라는 방대한 분량에도 불구하고 엄청난 성공을 거두었다. 당시 공장과 작업장의 노동자들은 돈을 갹출하여 이 책을 구입하였다고 한다. 가난한 사람들이 주머닛돈을 털어 가며 책을 사 읽었던 이유는 무엇일까. 그것은 주인공 장 발장을 통해서 보여 주는 휴머니즘과 인간 승리의 드라마가 불행한 사람들에게 삶의 희망을 불어넣어 주었기 때문이 아닐까.

불후의 명작『레 미제라블』은 대문호가 건지섬에서 망명 중이던 1861년에 발표했다. 이 소설의 모티프가 된 것은 1832년 6월에 일어난 민중 봉기였다. 당시 위고는 튈르리 공원에서 희곡을 쓰고 있던 중 총성을 듣고 현장으로 갔다가 바리케이드에 갇혀 오도 가도 못하게 됐다. 간신히 기둥 사이로 몸을 피해 화를 면했던 당시의 체험을 바탕으로 1845년부터 집필을 시작해 1860년 탈고할 때까지 16년이 걸려 소설을 완성했다. 이 작품을 발표하면서 빅토르 위고는 다음과 같이 말했다.

"단테가 시에서 지옥을 그려 냈다면, 나는 현실을 가지고 지옥을 만들어 내려 했다."

실제로『레 미제라블』의 출간 당시 대다수 지식인들은 부정적인 반응을 보였다. 작가와 비평가들은 당시 프랑스 사회에 만연했던 불평등과 부조리를 적나라하게, 현실의 지옥으로 보여 주는 위고의 소설에 심기가 불편했다. 플로베르, 보들레르, 공쿠르 문학상의 장본인 공쿠르 형제까지 혹평을 쏟아냈다. 오직 한 사람 시인 라마르틴만이 이 책의 중요성에 대해 다음과 같은 평결을 내린 것으로 유명하다.

"이 책은 두 가지 방식으로 매우 위험한 책이다. 행복한 사람들을 너무 두렵게 하고 불행한 사람들에게 너무 희망을 품게 하기 때문이다."

위고는 강력한 휴머니즘의 소유자이면서 동시에 모든 일에서 자신을 최우선으로 두는 에고이즘을 가진 이중적인 면모가 있었다. 하지만 소설의 주인공 장 발장은 마리엘 주교에게 감화받은 뒤 새로운 사람으로 태어나면서 에고이즘은 빠지고 휴머니즘만을 가진 위고의 화신으로 재탄생했다. 그리고 처음에는 아버지의 영향으로 열혈 왕당파였다가 여러 차례의 변모 끝에 열혈 공화파가 됐던 위고의 정치적인 신념을 청년 마리우스를 통해 보여 주고 있다.

코제트와 마리우스의 결혼식 날인 1833년 2월 16일은 위고의 생애에서 평생 잊지 못할 기념일이었다. 바로 평생의 연인인 쥘리에트 드루에와 처음으로 사랑의 언약을 맺었던 날이다. 위고는 연극배우였던 그녀를 자신이 희곡을 썼던 작품 『에르나니』의 리허설 공연을 하던 극장에서 만났다. 그 후 쥘리에트는 지금의 위고 기념관 근처에 아파트를 얻고 평생을 위고의 정부로 살았다.

그렇다고 위고의 연인이 쥘리에트 단 한 명뿐이었던 것은 전혀 아니다. 위고의 주위에는 끊임없이 수많은 여성들이 있었다. 그중 화가 오귀스트 비아르의 아내 레오니 도네와의 불륜은 유명한 스캔들이다. 남편의 고소로 레오니는 간통 혐의로 현장에서 구속됐지만, 위고는 귀족 신분 특혜로 그냥 풀려났다. 국왕 루이 필립이 레오니 부인의 고소를 취하하는 조건으로 국가에서 발주하는 미술 일감을 비아르에게 주고서야 스캔들은 막을 내렸다.

위고가 탄생한 1802년은 프랑스 혁명이 끝나고 나폴레옹이 황제로 오르기 직전의 혼란기였다. 그는 생전에 다른 세 차례의 혁명과 세 번의 공화정 체제, 왕정복고 그리고 두 번의 황제가 집권하는 제정시대를 거쳤다. 이 격변의 조국 프랑스를 몸소 겪으며 가난한 사람들의 편에 서서 자신이 살았던 시대의 과제를 외면하지 않고 이에 과감히 맞섰던 앙가쥬망(Engagement - 현실 참여)의 작가가 바로 빅토르 위고다.

지난 2002년, 빅토르 위고 탄생 200주년을 맞아 프랑스 교육부는 새해 첫 수업을 교과목 관계없이 대문호의 작품을 읽는 것으로 시작하자는 제안을 했다. 그러자 전국 초·중·고교가 약속이라도 한 듯이 일제히 그의 작품으로 새해 첫 수업을 시작했다. 당시 자크 랑 교육부 장관도 이날 파리의 달랑베르 초등학교를 방문해 위고의 서사시 『징벌 시집』의 한 구절을 낭송했다.

같은 해 국내에서도 최초로 삽화 300장을 수록한 『레 미제라블』완역 전 6권이 새로 발간됐다. 나도 원작의 깊은 감동을 좀 더 깊게 느껴 보고 싶었기에 새 번역본 책을 사서 다 읽었다. 2,500여 페이지가 넘는 장대한 분량의 장엄한 소설을 어린 시절 읽었던 동화책이나 다이제스트 문고판과 비교한다는 것은 위대한 작가에 대한 모독이다. 불멸의 대 서사시 『레 미제라블』은 단순한 소설이라기보다는 그 시대 역사의 한 페이지를 기록한 역사책이며 고증 문헌이었다.

파리 유학 시절 내가 대문호를 만나기 위해 맨 처음 찾아간 곳은 '위고의 집'이라 불리는 작가 기념관이었다. 파리에서 가장 아름다운 곳을 꼽으라면 파리지엥은 망설임 없이 보주 광장이라고 말한다. 위고의 기념관이 있는 곳이 바로 마레 지구 안에 있는 보주 광장이다. 부르봉 왕조의 시조인 앙리 4세 시대부터 저택이 들어섰던 이곳은 파리에서 가장 유서 깊은 광장으로, 피카소 미술관과 카르나발레 박물관도 주변에 위치해 있어 이 광장을 더욱 운치 있는 장소로 만들어 주고 있다.

루이 13세 기마상을 뒤로 하고 공원 벤치에 앉아 바라보는 저택은 진홍빛이 감도는 붉은 벽돌의 단아한 건축물로 귀부인의 자태를 연상시켰다. 정방형의 정원을 각각 아홉 채씩 서른여섯 채의 붉은 벽돌 저택들이 에워싸고 있는 형상은 마치 한 치의 오차도 허용하지 않겠다는 듯 완벽한 대칭을 이루고 있었다. 파리지엥이 왜 이 광장을 파리에서 가장 아름다운 곳이라 칭송하는지 고개가 절로 끄덕여졌다.

서른여섯 채의 단아한 저택 중 로앙-게메네 저택 2층에 빅토르 위고의 기념관이 있다. 위고는 이곳에서 1832년부터 1848년 2월 혁명이 발발하기까지 16년 동안 거주하며 집필 활동을 했다. 빅토르 위고의 집(Maison de Victor Hugo)은 거장 탄생 100주년인

1902년 대문호의 친구인 극작가 폴 뫼리스가 위고의 많은 유품들을 파리시에 기증하면서 프로젝트가 시작됐고, 다음 해인 1903년 개관했다.

기념관엔 대문호의 인생을 담은 총 7개의 방이 있다. 가장 눈길을 사로잡는 공간은 중국풍의 고가구가 배치된 붉은색 방이었다. 이 방은 망명지 건지섬의 오트빌하우스에 위고가 직접 디자인한 방의 장식을 그대로 옮겨 놓은 것이다. 벽면 장식장을 가득 채운 중국 도자기는 그 당시 유행했던 차이나(중국 도자기) 열풍을 잘 보여 준다. 도대체 거장의 재능은 어느 분야까지 확대되는 것인지 문학의 영역을 넘어서 데생, 나아가 인테리어까지 높은 심미안을 느낄 수 있었다. 어렸을 때 위고가 가장 먼저 두각을 나타냈던 분야는 시였다. 19살 때 첫 시집 『오드(Odes)』를 발간했을 때, 국왕 루이 18세는 1,000프랑의 연금까지 하사했다.

14살 때 빅토르는 일기장에 다음과 같이 써 놓았다.

"나는 샤토브리앙처럼 되고 싶다. 그렇게 되지 못한다면 어느 누구도 닮고 싶지 않다."

동시대를 살았던 작가 발자크가 51살에 생을 마감한 것과 달리, 위고는 83살까지 왕성하게 작품 활동을 했다. 개인적으로는 부와 명예 그리고 사랑까지 얻었던 위고였지만 다섯 자녀는 모두 불행하게 삶을 마감했다. 첫째 아들 레오폴은 태어난 지 3개월 만에 죽었고, 가장 사랑했던 첫딸 레오폴딘은 신혼의 단꿈이 채 가시지도 않은 19살에 남편과 함께 센강에서 익사 사고로 죽었다.

그때 위고는 정부인 쥘리에트 드루에와 피레네 산맥에서 둘만의 즐거운 시간을 보내고 있었다. 신문에 난 비극적인 기사를 보고서야 딸의 죽음을 알게 됐다. 딸의 죽음으로 큰 충격을 받고, 위고는 오랜 기간 집필을 중단했다. 그리고 정치와 사회 문제에 관심을 돌리고 적극 참여하게 되었다. 1851년 루이 나폴레옹이 쿠데타를 일으켜 제정을 선언하자, 과격하게 반대 입장을 밝혀 반정부 인사로 낙인찍히자 벨기에로 피신했다.

하지만 소국인 벨기에가 황제가 된 나폴레옹 3세의 압력에 굴복하자 위고는 벨기에를 떠나 다시 영국령 저지섬으로 망명했다. 그리고 마지막으로 정착했던 망명지가 노르망디 해안 근처의 영국령 건지섬이었다. 이곳에서 일생의 역작인 『레 미제라블』이 탄생하게 된다. 그리고 출판사에서 받은 많은 인세로 망명지에서 아름다운 집을 사서 꾸몄다. 위고는 건지섬에 있는 집을 옥탑방으로 꾸미고 그곳에서 무한한 창작의 열정을 꽃피웠다.

아이러니하게도 위고는 망명 생활 중에 가장 훌륭한 작품들을 많이 펴냈다. 고난의 세월이 오히려 작가에게는 훌륭한 자극이 된 셈이다. 그리고 망명지에서 아내의 이름을 그대로 따서 지은 막내딸 아델에 대한 충격적인 소식을 듣게 된다. 좋은 가문이 아니라는 이유로 아버지 위고가 결혼을 반대했던 직업 군인인 남자 친구가 캐나다 영지로 발령을 받자 고집불통 아델은 혈혈단신 배를 타고 캐나다까지 따라갔다. 하지만 막상 타국인 캐나다에 도착하고 보니 남자 친구는 다른 여자와 결혼을 준비하고 있었다. 병적인 사랑의 집착으로 막내딸이 끝내는 정신 착란을 일으켰다는 기가 막힌 소식이었다.

1870년 프로이센과의 전쟁에서 나폴레옹 3세가 패배하고 전쟁 포로가 된 후 위고는 오랜 망명 생활을 끝내고, 국민들의 열렬한 환영을 받으며 19년 만에 고국 땅을 밟았다. 그리고 가장 먼저 한 일은 막내딸 아델을 정신 병원에 입원시킨 것이다. 아내 아델은 죽을 때까지 위고의 정식 부인으로 살았다. 그리고 쥘리에트는 아델이 죽은 후에야 위고의 정식 부인이 될 수 있었다.

망명지에서 돌아온 뒤 죽을 때까지 그는 왕성한 작품 활동을 했다. 80세 생일을 맞았을 때 많은 시민들이 광장으로 몰려와 그의 생일을 진심으로 축하해 주었다. 그곳이 지금은 빅토르 위고 대로로 바뀌었다. 1885년 83살의 나이로 위고가 죽음을 맞이할 때는 제3공화국 시기였다. 공화국 정부는 그의 장례를 국장으로 치르고 프랑스에 공헌한 영웅들이 묻히는 팡테옹에 안장키로 결정했다. 그리고 그의 유해가 안치된 관은 나폴레옹의 뒤를 이어 두 번째로 개선문을 통과했다.

개선문에서 출발한 운구 행렬에는 200만의 애도 인파가 뒤따랐다. 그리고 지금까지 이 기록은 깨지지 않는 신화로 남아 있다. 위대한 삶을 살다간 대문호의 죽음을 추모하는 행렬은 팡테옹까지 계속됐다. 빅토르 위고가 세상을 떠난 지 이미 두 세기도 더 지났지만, 그가 남긴 걸작들은 오늘도 세계 도처에서 여러 장르로 재탄생되고 있다.

잃어버린 시간을 찾아서

유학 생활에서 가장 중요한 것은 학교에서 알려 주는 공지 사항을 놓치지 않고 확인하는 것이다. 중요한 공지는 이메일로 보내 주지만, 간단한 전달 사항은 게시판에 붙여 놓은 안내문을 이용했다. 그날도 오전 수업을 끝내고 점심을 먹으러 학교 문을 나서려고 하는데, 총무과 마담 로가 포스터를 붙이고 있었다. 궁금해서 유심히 보니, 마르셀 프루스트의 『잃어버린 시간을 찾아서』·콩페랑스(conférence-영어로는 컨퍼런스, 대강당에서 하는 강좌를 뜻함)를 알리는 안내문이었다. 그 안내문을 보는 순간 내 가슴은 말로 표현하기 힘든 설렘으로 두근거렸다.

불문학을 전공한 사람은 물론, 문학에 관심이 있는 사람이면 꼭 읽어야 할 책 목록에 늘 포함되는 도서가 바로 마르셀 프루스트의 『잃어버린 시간을 찾아서(A la recherche du temps perdu)』이다. 나도 대학생 시절 다이제스트 번역본만 읽고 아직까지 완역본을 읽어 보지 못했다. 의식의 흐름에 따라 소설을 진행하면서 등장인물들의 성격과 심리 묘사를 극대화한, 문학사에서 보기 드문 뛰어난 작품이라는 교수님의 말씀에 언젠가는 나도 전권을 다 읽어 보겠노라 새해가 될 때마다 결심했던 기억이 있다.

소설의 주인공인 마르셀이 마들렌 과자를 홍차에 적셔 먹으면 무의식중에 기분이 좋아지면서, 행복했던 옛 추억을 떠올린다는 작품 설명에 마들렌 과자를 먹을 때마다 항상 이 작품을 떠올리곤 했다.

지난주 지리 강좌 시간에도 프루스트의 문학관이 있는 일리에 콩브레 지역을 공부하면서 작품 이야기가 나왔다. 강의 도중에 프루스트의 이 작품을 읽은 사람은 손을 들어 보라는 교수님의 말씀에, 200명 가까이 되는 학생 중 손을 든 사람은 아무도 없었다. 물론 학생 대부분이 20대에 또 외국인이니, 이미 발간된 지 100여 년이 지난 난해한 외국 소설을 쉽게 접하지 못했으리라.

30대 중반의 프랑스인 교수님은 자신도 몇 번 읽으려고 노력했지만 아직까지 작품을 다 못 읽었노라 고백했다. 쉼표가 없이 이어지는 한 문장이 거의 한 페이지에 달하고 의식의 흐름을 따라 계속 여러 단계의 심층부로 연결되는 문맥 때문에, 오로지 책에만 집중하지 않으면 읽기가 힘든 소설이라고 했다. 하지만 교수님은 모두 외국인인 우리들에게는 꼭 한 번 시도해 보라고 용기를 북돋워 주었다.

어떤 강의인지 궁금했지만 너무 어려울 것 같아 감히 용기를 못 내고 그냥 발길을 돌리려고 하는데, 마담 로가 내 마음속 갈등을 눈치챈 듯 좋은 기회를 놓치지 말라는 의미심장한 메시지를 던졌다. 학교 학생들은 물론 누구나 무료로 들을 수 있는 지역 주민을 위한 특강이었다. 마르셀 프루스트의 이 어려운 작품을 테마로 공개 강의를 한다는 자체만으로도 큰 호기심이 생겼다. 과연 몇 명이나, 어떤 연령층의 청중들이 참석할지도 궁금했다.

강연 장소는 학교 콩페랑스 수업이 열리는 인근 건물 대강당이었다. 입구가 잘 보이는 자리에 앉아서 입장하는 청중들을 눈여겨

보았다. 지성을 최고의 미덕으로 생각하는 프랑스인이지만, 세대차는 어쩔 수 없나 보다. 70명 남짓한 청중 대부분은 거의 60대이상으로 보였다. 사이좋게 손을 맞잡고 같이 참석한 노부부가 대다수였고, 딸로 보이는 젊은 여성이 밀어 주는 휠체어를 타고 온할머니도 계셨다. 이런 장면을 보면 문화대국 프랑스의 힘을 실감하게 된다. 휠체어에 의지한 채 불편한 몸을 이끌고 프루스트 강의를 들으러 오신 할머니는 물론이고, 노부모의 문학에 대한 의지를 자연스럽게 받아들이며 격려해 주는 딸을 바라보니 신선하기까지 했다.

바로 앞줄에 앉은 할머니께서 얼굴을 돌려 내게 '봉주르' 하고인사하며 미소를 머금었다. 그 표정엔 젊은 동양 여자가 어떻게이런 강의를 들으러 왔을까 하는 호기심과 기특함까지 잔뜩 묻어있었다. 난 좀 뜨끔했지만 태연히 웃으며 같이 '봉주르' 하고 인사했다. 주위를 둘러보니 우리 학교 학생은 나밖에 없었다. 불특정일반 대중을 상대로 강의를 하는 국립교육학 박사님은 2시간 내내지치지 않고 열변을 토했다. 그리고 경청하는 청중들의 진지한 열기로 강의실은 후끈 달아올랐다.

마르셀 프루스트(Marcel Proust, 1871~1922)는 지금은 파리 16구에 속하는 오테유에서 태어났다. 9살 되던 해 부모님과 함께 블로뉴 숲을 산책하고 돌아온 후 심한 천식으로 거의 죽을 뻔한 경험을 한 이후는 오랜 기간 혼자 격리되어 생활했다. 그 시기의 유일한 벗이었던 책을 통해서 세상을 보는 눈을 키웠고, 어린 시절의 매혹적인 독서에 대한 추억은 자신의 전 생애 동안 내내 그를 따라다녔다. 1907년부터 집필을 시작한 대작 『잃어버린 시간을 찾아서』는 1부 『스완네 집으로』가 프랑스 최고 권위의 출판사 갈리마르에서 출판이 거절당하지만, 2부인 『꽃피는 처녀들의 그늘 아래서』가 우여곡절 끝에 출판되며, 그해 1919년 프랑스 문학 최고 영예인 공쿠르 상을 수상했다.

프루스트가 1부의 집필을 끝내고 출판을 의뢰했을 때, 갈리마르 사는 앙드레 지드에게 출판에 대한 자문을 구했다. 그러나 지드도 처음으로 접해 보는 의식의 흐름을 따라 진행되는 프루스트의 소설에 확신이 없었는지, 출판에 부정적인 견해를 밝혔다. 1919년 2부 집필을 끝내고 1922년 사망하기 전까지 프루스트는 혼신의 힘을 다해 3년 동안 대작의 나머지 5부를 완성했다.

그가 이 소설의 집필을 끝냈을 때는 거의 기진맥진한 상태였다고 한다. 그리고 며칠 후 페르라셰즈 공원묘지로 향하는 장례 행렬엔 프랑스 문학에서 이룬 그의 신화를 다른 어떤 작가보다 더 높이 평가했던 그의 수많은 후진들이 작가의 마지막 가는 길을 함께했다. 이 소설은 1913년부터 1927년에 걸쳐 그의 사후에야 7부가 모두 출판됐다.

프루스트의 이 몽상적인 소설은 시간의 흐름에 따라 떠오르는 추억들을 성찰하는 내용이 주를 이룬다. 그 속에서 사랑, 질투, 실패를 경험한 감정 또는 존재의 허무감이나 동성애가 중요한 위치를 차지하며, 잿빛의 프루스트적인 환영이 모습을 드러낸다. 4세대에 걸쳐 내려오는 200명 이상 되는 수많은 등장인물들은 작가가 콩브레(Combray)에 살았던 레오니 숙모 집에서 보냈던 어린 시절에 만난 인물들과 성인이 된 후 파리 사교계에서 만났던 모든 사람들을 재구성해 탄생시킨 것이다. 어려서부터 고질병인 천식으로 격리 생활을 했던 프루스트는 특히 고독한 밤의 대부분을 예전에 알았던 사람을 회상하며 보내면서 사람의 성격과 인물상을 묘사하는 시선을 훈련했다.

이 작품에서 가장 유명한 부분은 미각이 주는 즐거운 회상이다. 어느 추운 겨울날 어린 소년이었던 프루스트는 외출을 끝내고 집으로 돌아와 어머니가 건넨 따끈한 홍차에 부드럽고 감미로운 마들렌 과자를 적셔 먹었다. 이 옛 기억이 단초가 되어 『잃어버린 시간을 찾아서』의 주인공 마르셀도 마들렌을 맛보는 순간 잊고 있던 추억이 눈앞에 펼쳐지듯 떠오른다.

프루스트에게 홍차에 적셔 먹는 마들렌 과자가 있다면 내게는 우리 엄마가 만들어 준 국수가 추억의 음식이다. 마르셀은 추운 겨울날 외출에서 집으로 돌아왔을 때 그의 어머니가 내준 따끈한 홍차에 적셔 먹었던 마들렌 과자를 떠올리니, 그의 추억의 단상은 주로 겨울이라는 계절에 한정되지만, 우리 엄마표 국수는 비발디의 사계처럼 계절마다 각자의 개성을 뽐내고 있다.

봄에는 꽃이 만개한 꽃동산에 나들이 가는 기분으로, 여름에는 이열치열 땀을 좀 흘리면서 후루룩 먹었고, 가을에는 빨갛게 물든 단풍잎 길을 따라가는 기분으로, 겨울에는 따끈한 국물이 추위로 얼어붙은 속을 따스하게 녹여 주면서 입을 즐겁게 해 주었다. 엄마표 국수의 진수는 무지개 빛깔처럼 다양하고 영롱한, 국수 위에 올리는 고명이다.

우선 달걀은 흰자와 노른자를 나눠서 2가지 색으로 지단을 부치고, 빨간색 김치는 종종 썰어서 갖은 양념을 하고, 주황색 홍당무도 채 썰고, 초록색 호박도 채 썰어 소금에 살짝 절여서 기름에 볶는다. 마지막 시크릿 레시피로 홍합을 채 썰어서 간장과 설탕으로 양념해 볶아 내면 고명은 모두 완성된다. 여기에 멸치, 다시마, 무를 넣고 푹 끓여서 육수를 낸다. 삶은 국수에 고명을 모두 얹고 그 위에 육수를 부으면 따로 간을 안 해도 각각의 고명에서 배어 난 간이 국물에 스며들어 우리 6남매를 밥상 앞으로 모여들게 만들었다. 건더기를 좋아했던 나와 달리, 국물을 좋아하는 작은언니는 영양분은 모두 국물에 녹아들었다며, 국물 한 방울 남기지 않고 국수 그릇을 제일 깨끗이 비우곤 했다.

내가 만든 국수도 예전 엄마의 그것과는 맛과 모양에서 비교가 안 되지만, 프루스트의 마들렌처럼 나를 아름다운 시절로 데려다 주는 마술을 발휘하곤 한다. 우리 네 가족 중 나를 닮아 식성이 무난한 장남을 빼고는 모두 식성이 좀 까다롭다. 특히 막내아들은 집에서 밥을 먹는 횟수가 많지 않은데 나를 은근히 힘들게 한다.

하지만 막내도 내가 해 주는 국수만은 정말 맛있게 먹는다. 서당 개 삼 년이면 풍월을 읊는다고, 요리를 즐겨하지 않는 나도 엄마가 만드는 국수를 어깨너머로 배웠나 보다. 그래서 내가 만든 국수를 막내아들이 맛있게 먹어 줄 땐 힘이 난다.

이 소설에 나오는 등장인물들은 모두 작가의 상상력이 만들어 낸 가공의 인물이지만 그렇다고 그의 세계가 완전히 비현실의 세계는 아니다. 그의 소설 속 등장인물들은 실제로 현실에 있는 사람의 성격을 둘로 나누거나 또는 몇 사람의 성격을 조합해서 새롭게 만들어 낸 것이기 때문이다. 우리처럼 평범한 독자들이 도달하지 못하는 심연의 밑바닥까지 계속 내려가는 무의식의 세계를 탐험하는 소설의 가장 중요한 테마는 4차원의 세계처럼 공간과 화합을 이루는 시간이다.

마르셀 프루스트는 "진정한 발견은 새로운 땅을 찾는 것이 아니라 새로운 눈을 갖는 것"이라 했다. 대학 시절 단행본으로 이 책을 처음 읽었을 때 일일이 기억할 수 없을 만큼 많은 등장인물로 혼란스러웠던 기억이 새롭다. 프루스트가 이렇게 다양하고 많은 인물들을 등장시킨 배경엔 작가의 인간에 대한 깊은 이해와 사랑이 그 밑바탕에 깔려 있지 않았을까 생각해 본다.

얼마 전 민음사에서 마르셀 프루스트 전공자인 김희영 교수의 새로운 번역으로 3부 『게르망트 쪽』 2권까지, 현재 3부 6권에 이른 책이 나왔다. 7부로 구성된 이 소설이 완역되려면 앞으로 몇 년이 더 걸릴지 모르지만, 나는 기쁜 마음으로 기다리려고 한다. 파리에서 30년 이상 거주하고 있는 고교 동창 김정희는 작년부터 이 작품을 원서로 읽기 시작했다고 내게 얘기했다. 나도 우선 번역본 전집 읽기를 끝낸 후 원서 읽기에 도전해 보기로 마음먹었다.

아마데우스의 밤의 여왕

마담 암셀렘은 파리 유학 시절 소르본 재단 교육원의 첫 수업 시간에 만난 선생님이었다. 50대 후반쯤으로 보이는 마담이었는데 검은 뿔테 안경 너머로 날카로운 시선을 던지는 모습이 첫눈에도 강렬한 캐릭터라는 인상을 주었다. 첫 수업 시간부터 학교 교칙과 수업 방침을 공지하면서 결석은 물론 지각 3회는 결석 1회로 처리한다는 다소 고루한 훈육을 하셨다. 그리고 전날 공부한 내용은 꼭 다음 날 수업 시작 전 쪽지시험으로 확인을 했다. 마담의 수업은 주 5일 오전 8시부터 10시까지 2시간 동안 쉬는 시간 없이 진행됐다.

선생님은 항상 수업 시작 5분 전에 도착해서 일찍 등교한 학생들에게 먼저 쪽지시험을 풀게 하고, 그 후에 도착하는 학생들도 오는 대로 같이 시험을 봤다. 대부분 모든 테스트는 수업 시작 전에 이루어졌다. 그런데 어느 날 평소와 달리 수업 중간에 시험지를 나눠 주셨다. 10여 명의 학생 모두 조용히 문제를 풀고 있는데, 중국에서 온 유학생 윌리엄이 불쑥 들어와 첫째 줄 빈자리에 앉았다. 그런데 그는 너무나 태연하게 시험지를 받아 아무 일 없었다는 듯 문제를 풀기 시작했다. 우리 모두 의아해하고 있을 때 마담 암셀렘은 날카롭게 만만디 윌리엄에게 한마디 던졌다.

"윌리엄, 지각했으면 최소한 봉주르 인사와 늦은 이유를 간단하게라도 말하는 것이 예의가 아닌가요?"

"마담, 저는 지각하지 않았는데요. 정시에 도착했는데요."

윌리엄의 이 한마디에 우리 교실은 찬물을 끼얹은 듯 잠시 정적이 감돌았다. 수업은 8시에 시작인데, 윌리엄이 교실에 도착한 시각은 9시였다. 기가 찬 윌리엄의 대답에 마담은 어이가 없는 듯, 그에게 친구들에게 수업 시작 시간을 확인해 보라는 말만 하고는 다시 수업을 계속했다. 우리 반 12명 학생 중 부모님으로부터 학비와 생활비 일체를 조달받는 친구는 중국에서 온 윌리엄이 유일했다.

프랑스에 오기 전 직장 생활을 하며 저축해 놓은 돈으로 유학 온 친구들이 대부분이라, 유일하게 부자 부모에게 유학 생활 자금 전액을 받으며 공부하는 윌리엄에게 친구들이 붙여 준 별명이 황태자였다. 이 사건 이후 그의 별명은 프랑스어로 '지금 몇 시지요' 하는 표현인 '켈레르에틸'로 바뀌었다. 내가 이 친구와 세대 차를 실감했던 사건이 있었다. 학생 식당에서 혼자 점심을 먹고 있는데, 윌리엄이 식판을 들고 와 내 옆에 앉으며 신나는 표정으로 내게 말을 걸었다.

"나 어제 레인맨 비디오 봤어."

"응. 나도 굉장히 오래전에 봤어. 톰 크루즈와 더스틴 호프만이 형제로 나오는 영화였지. 특히 더스틴 호프만의 자폐증 환자 연기는 너무 훌륭해서 실감 났지."

난 오래전 봤던 영화 〈레인맨〉을 떠올리며 얘기했는데, 윌리엄의 표정이 좀 이상했다. 그가 말했던 레인맨은 90년대 할리우드 영화가 아니라, 우리나라 가수 비를 가리키는 것이었다. 아차하며 뒤늦게 나도 그의 말에 호응을 해 주니, 그는 또 〈아빠 어디 가〉라는 TV프로그램 얘기를 하며 너무 신나 했다. 나는 그때 처음으로 중국에서 한류가 얼마나 인기 있는지 실감했다.

시간이 흐를수록 선생님의 카리스마는 좀 지나쳐 보일 때도 있었다. 말레이시아에서 온 예쁜 아가씨 레니에는 스톡홀름에서 3년 간 미국계 은행에서 근무하다가, 북구의 춥고 긴 겨울 날씨에 우울증이 생겨 사직하고 새로운 일자리를 구하러 파리에 왔다. 원어민 수준의 영어를 구사하지만, 강한 영어 악센트 때문에 프랑스어 발음은 서툴고 어색했다. 게다가 젊은 세대답게 수업 시간에는 항상 태블릿을 갖고 다니며, 모르는 단어가 나오면 그때그때 찾느라 수업에 집중하지 못하는 경향이 있었다. 이런 행동이 선생님의 심기를 불편하게 했는지, 그날 레니에는 선생님의 집중 공격을 받게 되었다.

"내가 칠판에 적는 내용은 굉장히 중요한 요점 정리인데, 왜 필기를 안 하나요? 수업 시간에 그렇게 집중을 안 하면 아무런 발전이 없어요. 그런 식으로 공부하면 프랑스어 자격시험에 합격 못할 건 자명해요."

완전히 아날로그 세대인 선생님은 태블릿으로 공부하는 신세대 공부 방법을 이해하지 못했고, 자신이 가르치는 방식만을 고집했다. 그다음 수업부터 레니에는 나타나지 않았다. 나중에 친구들에게 물어보니 다시 말레이시아로 돌아갔다고 했다. 젊은 혈기에 그정도 잔소리를 못 참고 포기하고 돌아간 그녀가 안타깝게 느껴졌다.

레니에가 사라진 후 선생님의 다음 타깃은 20대 초반의 중국아
가씨 에메가 됐다. 겨우 150cm 남짓한 작은 키에 몸무게도 40kg
이 될까 말까한 그녀의 가녀린 체구로 어떻게 마담의 집중포화를
끄덕 않고 버티는지 감탄할 때가 많았다. 에메는 지각이 잦았고
숙제로 내준 과제물을 발표할 때 대답을 못하는 경우도 많았다.
그러면 선생님은 기회를 놓치지 않고 잔소리의 포문을 열었다.

"에메, 그런 식으로 열심히 공부 안 하면 졸업은 물론 프랑스어
시험 응시 자격에도 미달일 것은 불 보듯 뻔합니다. 비싼 돈 내고
중국에서 멀리 떨어진 파리까지 와서 공부를 열심히 안 하면 자기
손해 아닌가요?"

선생님의 뻔한 잔소리는 한번 시작했다 하면 끝이 없었다. 특히
에메를 향한 독설은 중국을 싫어하는 프랑스 사람들의 전형이라
할 만했다. 마담의 잔소리가 시작되면 항상 머리를 숙이고 있었는
데, 그날은 나도 모르게 끊임없는 잔소리를 쏟아 내는 그녀의 입
으로 눈길이 멈췄다. 바로 그 순간 영화 〈아마데우스〉에서 클로즈
업으로 보여 준 모차르트 장모의 동굴 속 같은 입이 떠올랐다. 교
실에 있던 우리들 모두 그 동굴의 심연으로 빨려 들어간 듯 한순
간 침묵이 흐르고 다시 수업은 시작됐다. 천재는 이런 곤혹스러운
순간을 오페라 〈마술피리〉에서 밤의 여왕의 아리아로 창조해 냈
는데, 우리처럼 평범한 사람들은 단지 뒷담화의 대상으로만 활용

할 뿐이었다.

어느 날 교실 앞에서 우연히 에메와 대화를 나눈 이후 나는 그녀를 응원하게 됐다.

"에메, 너무 피곤해 보여. 어제 공부하느라 늦게 잠자리에 들었나 봐."

"응, 오늘 오후에 있는 과외 수업 예습하느라 잠을 3시간밖에 못 잤어."

"학교 공부하면서 동시에 과외 수업도 한다고?"

"응. 내 남동생도 프랑스 지방에서 공부하기 때문에, 동생 학비는 내가 벌어야 해."

항상 피곤해 보였던 에메는 자신의 공부뿐 아니라, 프랑스의 한 지방 도시에서 공부하는 남동생에게 학비와 생활비를 보내 주기 위해, 재불 중국인 초등학생에게 중국어를 가르치며 돈을 벌고 있었던 것이다.

수업 태도를 중시했던 마담은 항상 정확하게 수업 시작 5분 전엔 교실에 도착했다. 어느 날 8시가 훨씬 지났는데도 선생님이 나타나지 않았다. 처음 있는 일이라 어리둥절해하고 있을 때 총무과 직원이 마담의 결근을 알려 줬다. 뜻밖에 얻은 자유 시간을 우리 반 친구들 모두 함께 근처 스타벅스에 가서 보내기로 했다. 수업 시작하고 한 달 정도 지난 시점이었지만, 수업만 끝나면 뿔뿔이 흩어지니 이름과 국적 이외는 아직 서로를 잘 모르던 때였다.

자연스럽게 우리들 화제의 중심에는 카리스마의 여왕 마담 암셀렘이 있었다. 특히 홍콩 상하이은행에서 5년간 카운슬링 일을 했던 베로니카는 사람을 보는 관찰력이 뛰어났다. 얌전해 보이는 외모와 달리, 거침없이 마담의 성대모사를 우리 앞에서 장기 자랑 하듯 풀어놓을 땐, 목소리만 들으면 마담의 도플갱어를 마주한 것 같았다. 베로니카 덕분에 우리는 그동안 쌓였던 스트레스를 잠시나마 잊을 수 있었다.

여학생들이 마담의 공격 대상이 된 반면, 중남미에서 온 2명의 남학생과 중국 그리고 필리핀에서 온 남학생 등 모두 4명의 남학생에게 마담은 무척 관대했다. 하지만 이런 객관적인 시선과 상관없이 그들도 마담에게서 받은 스트레스가 정도의 차이는 있지만 만만치 않았나 보다. 베네수엘라에서 온 미남 알프레도가 한동안 밤마다 꿈속에 선생님이 나타나 악몽에 시달렸다는 이야기를 털어놓았을 땐 우리 모두 공감대를 형성하며 한바탕 웃었다. 본인이 직접적인 잔소리의 대상은 아니었지만, 수업 시간 내내 한 공간에서 모든 것을 함께 겪어야 했던 학생들 모두에게 마담은 공포의 대상이자 스트레스의 근원이었던 것이다.

그런데 공부를 끝내고 돌아온 지금 돌이켜보면, 그래도 마담 덕분에 공부를 열심히 할 수 있었던 것 같다. 예습과 복습을 하지 않으면 수업에 참석할 생각을 감히 할 수 없었으니 말이다. 우리의 인생도 그런 것이 아닐까 싶다. 비록 힘들었던 추억이나 미웠던 사람이라도 훗날 다시 되돌아보면 다르게 보이기도 한다. 각자 다른 사정을 안고 마담 암셀렘의 수업을 함께 들었던 친구들을 하나하나 떠올리며 가지각색으로 달랐던 그들의 삶의 태도를 곱씹어 본다. 내가 지금에 와서 마담의 장점을 생각하는 것처럼, 그들도 이 시간을 반추하며 각기 다른 평가를 내릴 것이다. 그래서 오늘도 힘든 삶이지만 되도록 긍정적인 쪽으로 생각을 집중하며 살고 싶다는 생각을 한다.

라트라파쥬(rattrapage)

지금까지 몰랐던 새로운 것을 알아 간다는 즐거움은 나이와는 전혀 상관이 없다. 특히 외국어를 공부할 땐 새로운 단어를 배울 때마다 그 즐거움이 배가 된다. 프랑스어에서 '다시 잡기, 회복, 만회' 이런 뜻을 가진 단어 라트라파쥬(rattrapage)가 결강으로 생긴 공백을 메워 주는 보충 수업을 말할 때도 쓰인다는 것은 소르본 유학원에 와서 처음 알았다.

내가 수강했던 비즈니스 프랑스어 수업을 맡았던 마담 암셀렘이 편도염으로 3일을 결강했다. 결근 첫날만 수업이 없었고, 나머지 이틀은 다른 선생님께서 대리 수업을 해 주셨다. 그런데 시험을 앞두고 마담이 결강한 사흘에 대한 보충 수업 날짜가 학교 게시판에 붙었다. 내가 소르본 유학원에서 공부하며 가장 만족했던 점은 2시간 연속 강의 내내 고도의 집중력으로 수업에 임했던 선생님들의 성실한 자세였다.

단 한 번도 일찍 수업을 끝낸 적이 없었던 선생님들의 열의 덕분에, 세계 곳곳에서 프랑스의 문화와 언어를 배우러 온 외국인 학생들은 자신이 낸 수업료가 아깝지 않다고 생각했다. 내가 한국에서 대학을 다닐 때는 학원 소요 사태로 휴강이 다반사였다. 나는 그 비싼 등록금을 마련하느라 방학은 물론 학기 내내 아르바이트를 했지만, 휴강 후 보충 수업을 받아 본 적은 단 한 번도 없었다. 그 당시 우리들은 당연한 일인 듯 아무런 이의 없이 그대로 받아들였다.

보충 수업은 여러 가지 면에서 또 다른 즐거움을 주었다. 우선 다른 과목을 수강하는 다양한 학생들을 만날 수 있는 기회가 됐다. 그리고 선생님도 이런 특별 강의만 하시는 시간 강사 선생님이셨다. 처음 만난 강사 선생님은 50대로 보이는 푸근한 인상의 마담이었다. 마담 암셀렘이 날카로운 카리스마를 내뿜는 데 비해, 보충 수업 선생님은 약간 장난기 어린 모습이었다. 교실에서 처음 만난 선생님의 첫마디가 참 재미있었다.

"난 술 중에서도 칵테일을 참 좋아합니다. 여러분을 처음 만나보니 칵테일을 마시는 기분이에요. 올리브와 망고 그리고 딸기까지 모두 어우러져 환상적인 맛을 내잖아요."

처음 만난 선생님의 기발한 인사에 우리는 모두 웃음을 터트렸다. 그리고 3일간의 보충 수업이었지만 간단한 자기소개가 빠지지 않고 이어졌다. 선생님이 먼저 자신을 소개했다.

"난 파리가 아닌 베르사유 근처, 일드프랑스에 살아요. 그래서 지하철이 내게 가장 편한 교통수단이랍니다. 이곳에 올 때도 지하철을 타고 왔어요."

스무 명 남짓한 학생들의 자기소개 중 60대로 보이는 한 일본 중년 남자의 인사말이 가장 기억에 남았다.

"전 일본에서 왔습니다. 여기선 13구에 살고 있습니다. 전 파리 지하철을 혐오해서 절대 안 타고 다닙니다. 그래서 두 번 갈아타야 하지만 버스를 타고 학교에 옵니다."

선생님과 상반되는 파리 지하철에 대한 본인의 생각을 얘기한 일본 아저씨는 내가 유학원에서 만난 학생 중 유일하게 나보다 나이가 많아 보이는 학생이었다. 일본은 우리보다 먼저 고령화 사회를 맞아서 은퇴 후의 삶이 한국 남자들보다는 좀 더 여유 있어 보였다. 혹은 일본 사람들의 별난 프랑스 사랑이 은퇴 후 프랑스행을 결정한 이유일 거라는 추측을 했다. 소르본 유학원에서 공부하는 동양인 유학생 중 일본인이 가장 많았다.

그들은 연령층도 다양했다. 20대부터 은퇴 후 삶을 이곳에서 보내는 중년들도 심심찮게 만날 수 있었다. 지난주에도 대강당에서 듣는 프랑스 역사 수업 시간에 내 나이 또래의 일본인 중년 여성을 만났다. 내가 일본인인 줄 알고 먼저 말을 걸어온 그녀는 남편과 함께 1년 동안 프랑스어 공부도 하고 여행도 하러 왔다고 했다. 매우 자랑스럽게 얘기했던 그녀에게서 남편과 함께 파리의 일상을 즐기는 행복이 느껴졌다.

나는 한국 사람과 일본 사람을 단번에 구별하는데, 일본 사람들은 처음에는 예외 없이 나를 자기네 동향 사람으로 생각했다. 그러니 프랑스 사람들은 더 말할 필요가 없다. 한 번에 나를 한국인으로 봤던 사람은 아무도 없었다. 그들 기준에 동양인 중 좀 정돈돼 보이는 사람은 일본 사람 그렇지 않은 사람은 중국인이라는 이분법이 존재하는 것 같았다. 동양인의 자리에서 한국인이 차지하는 자리는 미미했다.

시간 강사 선생님은 정규 과목 선생님처럼 학습 진도에 따른 부담감이 없어서인지 수업 중간에 재미있는 얘기를 많이 해 주셨다. 특히 얼마 전 지하철에서 목격한 사건이라며 엄청난 연기력으로 실감 나게 했던 이야기는 지금도 생생하다. 지하철 안에서 목격한 휴대폰 도난 사건은 이렇다.

지하철 문 바로 앞쪽에서 젊은 아가씨가 휴대폰으로 계속 수다를 떨었다. 너무 집중하느라 지하철 문이 열리며 바깥에 있던 소매치기가 순식간에 휴대폰을 낚아챘을 때 꼼짝없이 당하고 말았다. 지하철 문이 닫히고 뒤늦게 정신 차린 아가씨는 야속하게 굳게 닫힌 문만 두드렸다는 얘기였다. 휴대폰으로 통화에 열중하는 아가씨 성대모사며 문 두드리는 연기를 정말 코믹하고 재미있게 재현해 냈다. 요지는 파리 지하철엔 소매치기가 많으니 조심하라는 얘기였다.

말재주는 타고 났나 보다. 프랑스어 문법에서 가장 어려운 것 중 하나가 접속법이다. 고등학교에서 2년간 그리고 대학 4년 동안 배웠지만 어떤 경우에 꼭 접속법을 써야 하는지 명확하게 머릿속에서 정리가 되지 않았다. 그런데 소르본 어학원에서 4개월 동안 문법을 배우며 언제, 어떻게 접속법을 사용하는지 확실히 배웠다. 거기엔 이 강사 선생님의 역할이 컸다. 우리들에게 프랑스어 문법 중 가장 어려운 것이 무엇이냐고 물었을 때 많은 학생들이 접속법이라고 대답했다. 그래서 우리는 접속법을 집중적으로 재미있게 배울 수 있었다. 선생님의 표현은 이랬다.

"접속법을 공부할 때 꼭 외어야 하는 악마 동사 삼형제가 있어요. 바로 penser(생각하다), croire(믿다), trouver(발견하다)입니다. 이들만 머릿속에 잘 넣어 두면 여러분은 접속법을 완전히 내 것으로 만들 수 있답니다."

문맥상 항상 접속법으로 표현해야 하는 동사들이 있다. 이런 것은 무조건 외우는 수밖에는 다른 방법이 없다. 그런데 이 악마 동사 삼형제는 평소에는 접속법에 해당 사항이 없다가, 의문문이나 부정문에 쓰일 경우만 접속법으로 변신을 해야 한다. 그래서 좀 사악한 애들이라 선생님이 악마라는 우스개 표현을 썼다. 내가 맨 처음 제2외국어로 프랑스어를 배울 때 교과서에 이런 문장이 있었다.

"명확하지 않은 것은 프랑스어가 아니다.(Ce qui n'est pas clair, n'est pas français.)"

외국인의 눈에 비친 프랑스어는 무한정 불규칙적으로 변신을 거듭한다. 그런데 정작 프랑스 사람들은 그것도 정해진 불규칙동사 규칙이니 한 점 흐트러짐 없이 명확하다고 생각한다. 모국어에 대한 무한한 자긍심을 엿볼 수 있는 대목이다.

즐겁게 공부하는 방법을 스스로 터득하는 것도 중요하지만, 선생님들의 교수법에 따라 공부하는 재미가 더욱 쏠쏠해질 수 있다는 것을 이곳에 와서 체감했다. 내가 교실에서 만났던 수많은 선생님을 돌이켜보면 가장 기억에 남는 선생님은 딱 두 가지 부류로 나눌 수 있다. 학문의 높이에 저절로 고개가 숙여지고 존경심이 우러나는 선생님이거나 아니면 공부를 재미있게 가르쳐 주신 선생님. 소르본 유학원에서 만난 선생님은 내가 지금까지 만나 본 선생님 중 가장 재미있게 공부를 가르쳐 준 분이었다.

공짜라면 시험도 불사

기차역 안에 있는 화장실도 유료인 프랑스에서 공짜라는 단어는 각별한 의미를 갖는다. 내가 프랑스 상공회의소에서 주관한 프랑스어 자격시험을 치렀던 것도 무료라는 특별한 행운을 놓치기 싫었던 것이 가장 큰 이유였다. 소르본 유학원에서 나와 함께 비즈니스 프랑스어 과정을 공부했던 학생들 대다수는 이곳에서 취업을 준비하기 위해 프랑스어 자격시험인 델프(DELF)나 달프(DALF)를 목표로 공부했다.

어느 날 수업 시작 전 마담 암셀렘은 우리들에게 알려 줄 좋은 소식이 있다며 함박웃음을 지었다.

"프랑스어 자격시험을 준비하는 학생은 손을 들어 보세요."

나만 빼고 거의 모든 친구들은 손을 들었다.

"다음 주 프랑스 상공회의소에서 주관하는 프랑스어 자격시험이 있습니다. 내 서명이 들어간 신청서를 제출하면 여러분들은 별도의 비용 없이 시험을 치를 수 있어요. 희망하는 학생은 손을 드세요."

30유로를 아낄 수 있는 좋은 기회를 친구들이 놓칠 리 없었다. 모두들 선생님의 사인이 들어간 신청서를 받았는데, 나는 계속 망설이고 있었다.

"이쟈벨, 이렇게 좋은 기회는 두 번 다시 오지 않아요. 놓치면 후회할 거예요."

선생님의 말씀에 기회의 신 카이로스 일화가 생각났다. 그는 앞머리는 풍성하지만 뒷머리는 거의 없다. 기회가 왔을 때 누구나 붙잡을 수 있도록 앞머리는 많지만, 한번 놓친 기회는 다시 잡을 수 없기 때문에 뒷머리가 대머리라고 한다. 나도 기회의 신이 도 망치기 전에 얼른 그를 붙잡았다.

준비 없이 그냥 재미 삼아 보게 된 공짜 시험이었지만, 시험에 대한 부담감이 전혀 없을 수는 없었다. 그래도 소위 말하는 국가 공인 자격시험인 셈이니까. 시험 당일 오전 수업을 마치고 나는 우리 반에서 제일 예쁜 여학생인 홍콩에서 온 베로니카와 베네수엘라에서 온 훈남 알프레도와 같이 시험장으로 발걸음을 옮겼다.

메트로 9호선을 종점까지 타 보기는 처음이었다. 우리는 일드 프랑스 지역에 위치한 상공회의소 건물을 어렵지 않게 찾을 수 있었다. 관공서 건물이라 좀 긴장했는데, 시험을 치르러 왔다고 얘기하니 건물 경비원은 의외로 우리에게 아무런 질문도 던지지 않고 통과시켜 주었다. 시험 시작 전까지는 한 시간 이상 여유가 있어 우리는 건물 지하에 위치한 구내식당에서 점심을 먹었다.

프랑스 고위 공무원이 입주한 건물이라 그런지 구내식당의 메뉴는 파리 고급 레스토랑 못지않았다. 메인 요리도 소고기, 양고기, 오리고기, 닭고기 등 다양했고 곁들이는 사이드 메뉴도 고기 종류 수처럼 많았다. 거기다 디저트는 슈퍼마켓 디저트 코너를 옮겨다 놓은 것처럼 종류가 너무 많아서 선택이 힘들 정도였다. 원하는 메뉴를 모두 고른 후 계산대 앞에 섰다.

"마담, 교수님이신가요?"

나는 검은 피부의 캐셔가 묻는 질문을 처음엔 잘 이해하지 못했다. 한국에서도 나를 처음 본 사람들은 종종 내 직업이 선생님 내지는 교수일 거라고 추측하곤 했다. 하지만 프랑스 상공회의소 구내식당 계산대 앞에서 처음으로 만난 캐셔가 왜 내게 그런 질문을 던지는지……. 상대방의 질문 의도를 골똘히 생각하느라 답변이 늦자 그녀는 내게 재차 묻는다.

"아뇨, 오늘 오후에 시험 보러 왔어요."

그제야 모니터에 4유로라는 가격이 표시됐다. 그녀가 내게 질문을 던진 이유는 점심 식대를 어떤 요금으로 적용해야 할지 확인하기 위해서였다. 20대 젊은 친구들과 같이 공부하면서 나도 학창 시절로 돌아간 듯 혼자 착각하고 있었다. 그들과 나란히 서 있었던 내가 학생처럼 보이지 않았던 것은 당연했다. 가성비 높은 점심식사를 하며 우린 모두 행복해했다.

시험 장소에는 세계 각국에서 온 많은 학생들이 있었다. 준비해 간 서류와 사진 그리고 여권을 일일이 확인한 후 자유롭게 원하는 자리에 착석했다. 회의실 같은 시험장에는 부채꼴 모양의 긴 테이블이 있어 월드 뉴스에서 많이 봤던 유엔 총회가 열리는 회의장 같은 분위기였다.

시험 시작 전 컴퓨터 채점에 따른 답안 작성 및 수정 방법 등 주의 사항을 듣고 있자니, 내가 40여 년 전 치렀던 수능시험이 떠올라 감회가 새로웠다. 특이했던 것은 시험은 단 한 번이 아닌 두 번에 걸쳐 치러진다는 사실이었다. 그리고 평가 점수는 당일 시험이 아닌 두 번째 시험 결과로만 집계가 된다는 얘기를 듣고 나니 마음이 한결 편해졌다. 그날 시험은 프랑스어 모의시험인 셈이었다.

프랑스어 자격시험은 독해력, 듣기 평가, 문법, 이렇게 3종류의 시험으로 나눠서 치러졌다. 첫 번째 시험인 독해력 테스트에서는 처음 접해 보는 긴 지문과 씨름하느라, 60문항 중 반밖에 풀지 못했을 때 종료 벨이 울리며 시험지를 걷어 갔다. 뒤이은 듣기 평가도 시작은 쉬웠지만, 갈수록 난이도가 높아졌다. 더구나 한 번 리듬을 놓치면 따라갈 수가 없으니 완전히 이해를 못해도 일단은 답을 써놓아야 다음 문제 풀기에 지장에 없었다.

그나마 세 번째 본 문법 시험이 도전해 볼 만했다. 장장 4시간에 걸친 시험이 다 끝났다. 그런데 4시간 동안 쉬는 시간 없이 연속해서 시험을 봤다. 문제를 푸는 시간이 부족하다 보니 누구 한 사람 중간에 화장실에 가는 사람이 없었다. 답안지는 물론 문제지도 모두 제출하고, 1주일 후 다시 같은 장소에서 시험이 있을 거라는 감독관의 공지 사항을 듣고 나서야 우린 자유롭게 고사장 밖으로 나올 수 있었다.

내 평생에 이렇게 4시간 동안 고도로 집중해서 무언가를 한 적이 있었는지 곰곰이 생각해 봤다. 그리고 프랑스 시스템의 효율성에 대해서 다시 한 번 생각했다. 프랑스 근로기준법은 근로자들에게 유럽에서도 가장 긴 연 5주의 휴가를 보장하고 있다. 근무 일수가 모자라는 공백을 보충하기 위해 일할 때는 강도 높게 효율적으로 일하는 시스템을 갖출 수밖에 없지 않을까. 세상에 공짜는 없다는 진리를 다시 한 번 체감하면서, 나는 일주일 후 재시험을 볼 것인지 진지하게 고민했다.

페르낭 레제 국립 미술관

니스 여행 마지막 날 앙티브(Antibe)로 가기로 했던 원래 스케줄을 그 주변 소도시인 비오(Biot)로 변경한 것은 큰 행운이었다. 원래 계획은 앙티브 그리말디성에 있는 피카소 미술관을 가는 것이었는데, 뒤늦게 그날이 휴관일이라는 것을 알게 됐다. 실수가 오히려 좋은 기회가 된 셈이다. 사실 비오라는 작은 마을은 니스에 와서 처음 알았다.

앙티브 대신 갈 만한 곳을 검색하다 우연히 찾아낸 페르낭 레제 미술관 파사드 사진이 내 시선을 사로잡았다. 어디에선가 한 번은 만났던 것 같은 이 익숙함은 무엇일까. '페르낭 레제'라는 화가의 이름을 확인한 순간 나는 오래 전 덕수궁 국립현대미술관에서 열렸던 〈퐁피두 특별전〉에서 인상 깊게 관람했던 화가의 그림을 떠올리며 그 익숙함의 수수께끼를 풀 수 있었다.

퐁피두 현대미술관의 수많은 작품 중 한국에도 비교적 잘 알려진 유명 작가들의 작품을 소개했던 전시회는 그 당시 몹시 인기가 있었다. 나도 언니와 같이 주말 나들이로 미술관에 가서 덕수궁 입구까지 길게 이어진 줄을 따라 입장 순서를 기다리며 주말 오후를 보냈던 기억이 있다. 그때 감상했던 많은 작품 중 특히 내 눈길을 끌었던 것이 바로 페르낭 레제(Fernand Leger, 1883~1955)의 작품이었다.

화가의 작품 속 인물들은 모두 둥글고 통통한 모습을 하고 있었다. 특히 여성을 캔버스에 표현한 그의 화법은 19세기 이전 화가들과는 완전히 다른 독특한 화풍을 보여 주고 있었다. 선명한 색채와 기하학적인 조형미가 돋보이는 레제의 그림은 아방가르드하지만, 야수파 파블로 피카소의 그림과는 다르게 내 마음을 편안하게 해 주면서 가슴에 오래도록 남아 있었다. 나는 그때의 기억을 떠올리며 잊었던 예술가를 다시 만난다는 기쁨에 가슴이 설레었다.

프랑스 리비에라 해안가 코트다쥐르 주변 도시들은 모두 니스를 중심으로 촘촘한 교통망이 형성돼 있다. 자동차 없이 니스 주변 도시를 방문할 계획이라면, 니스에서만 숙박을 하는 것이 편리하다. 나도 니스에서 5일 동안 머물면서, 주변 도시는 이곳에서 출발하는 시외버스를 이용했다. 4월의 화창한 어느 날, 나는 페르낭 레제를 만나기 위해 니스에서 앙티브행 시외버스에 올랐다.

호텔 직원의 친절한 정보에도 불구하고, 대중교통으로 페르낭 레제 국립 미술관을 찾아가는 길은 쉽지 않았다. 비오 기차역에 내린 뒤 다시 마을버스로 갈아타기 위해 버스정류장 표지판을 찾을 때까지 20여 분 동안, 통행인을 만나기 힘들 정도로 비오 마을은 너무나 한산하고 조용했다. 드디어 마을버스를 타고 정류장에 내리니, 미술관으로 가는 길 표지판은 산길로 나 있었다.

완만한 언덕길을 올라가며 계속 주위를 두리번거렸지만, 미술관은 쉽게 눈에 띄지 않았다. 내가 길을 잘못 찾아왔을까 조금씩 불안해지면서, 왜 이렇게 외진 곳에 미술관을 지었을까 하는 불평이 저절로 나왔다. 바로 그때 저 멀리 세라믹으로 장식한 대형 패

널이 눈에 들어왔다.

방문객들을 자석처럼 끌어당기는 강열한 색채와 기하학적인 구성의 파사드를 보는 순간 나는 마치 잊었던 친구를 다시 만난 듯 가슴이 벅차올랐다. 정말 레제 미술관의 파사드는 사막의 오아시스처럼 그렇게 갑자기 나타났다. 사람의 이목을 끌지 않는 그림을 싫어했던 예술가의 작품 답게 한순간에 눈길을 사로잡으며 뜻밖의 장소에서 나를 반겨 주었다.

미술관 입구로 가는 길은 주차장 옆 오솔길을 통과하도록 돼 있었다. 산길을 오르는 동안 사람은 물론 차 한 대 마주치지 않았는데, 주차장에는 버스와 승용차가 몇 대 주차돼 있었다. 차가 다니는 길은 내가 걸어왔던 방향과 반대편에 있는 것 같았다. 미술관으로 가는 야외 공간에는 꽃을 모티프로 그린 화가의 작품을 세라믹으로 재현해 놓았다. 화려한 타일들은 향기는 없었지만, 화려한 자태와 색깔만으로도 나비를 유혹할 것 같았다.

미술관 앞뜰에 심은 잣나무, 올리브, 사이프러스 같은 관목나무들은 파사드의 모자이크 장식과 멋진 조형미를 이루고 있었다. 루이 14세 시대의 천재 조경사 르 노트르의 후손답게, 이 산골짜기 작은 마을의 미술관 정원을 설계한 조경사의 뛰어난 감각이 예사롭지 않아 보였다. 사진으로 미리 봤던 미술관 전경의 세라믹 모자이크 작품 앞에 서니, 아무도 아는 사람이 없는 낯선 도시에서 처음으로 '아는 사람'을 만난 듯 반갑기 그지없었다.

정원 한쪽을 장식한 대형 세라믹 조각 놀이터는 어린이 관람객을 환영하고 있었다. 단체 관람이나 부모님 손을 잡고 미술관을 찾아온 어린이들을 위한 배려가 돋보였다. 미술관 1층은 타피스리로 재탄생한 화가의 작품 전시 공간이었다. 대형으로 제작된 타피스리 작품 안에서 화가 특유의 선명한 색상과 기하학적인 많은 오브제들이 레제만이 보여 줄 수 있는 독특한 매력을 내뿜고 있었다. 타피스리 전시 공간은 다른 미술관에서는 볼 수 없는 레제 미술관만의 남다른 매력이었다.

현대사에서 가장 참혹했던 두 세계 대전의 전장에 모두 참가했던 화가는 전쟁의 포화 속에서 '인간성 상실'이라는 뼈아픈 경험을 겪었다. 그리고 이 체험은 전후 빠른 속도로 산업화되는 도시 기계 문명 속의 인간을 한낱 오브제로 표현하는 계기가 됐다. 그래서 그의 작품 속에 나오는 인물들은 사물과 사람의 경계가 따로 없이 모두 각각의 오브제처럼 기하학적인 형상으로 그려졌다.

1층의 다른 전시실은 세라믹 작품을 전시한 공간이었다. 페르낭 레제와 비오 마을의 인연은 이곳에 거주했던 도공 롤랑 브리스(Roland Brice)와 함께 그의 아틀리에에서 협업을 하면서 시작됐다. 예술가가 인생의 후반을 함께했던 작품들이다. 타피스리 작품과는 대조적으로 부담 없이 아무 곳에나 걸어 둘 수 있는 소형 작품들로, 주제도 기하학적인 형태보다는 자연, 특히 꽃과 나비 종류가 많았다. 2층 계단으로 올라가는 전면에는 생전의 예술가가 작업하는 모습과 미술관 연혁을 소개하는 글이 있었다.

페르낭 레제는 1881년 노르망디의 소도시 아르장탄(Argentane)에서 태어났다. 20세기 초 파리 몽파르나스에 정착하며 로베르 들로네, 마르크 샤갈 등 여러 화가들과 교류하며 서로 예술적인 영감을 교환했다. 그가 '색채와 형태의 대비'라는 자신만의 독특한 화풍을 확립하게 된 계기는 폴 세잔을 만나고 난 후부터였다. 대가의 영향으로 레제의 초기 작품은 후기 인상주의의 영향을 받았지만, 입체주의를 거쳐 결국엔 튀비즘(tubism)이라는 자신만의 독특한 표현 양식을 만들었다. '튀비즘'이라는 용어는 화가가 모든 사물을 튜브 모양의 원통으로 표현한 데서 유래했다.

노르망디를 사랑했던 많은 19세기 화가들처럼, 레제도 고향인 북부 지방 노르망디를 무척 사랑했다. 그러나 남프랑스 비오에 정착해 세라미스트가 된 그의 제자 롤랑 브리스와 함께 세라믹 프로젝트를 진행하면서, 인생 후반기에 화가는 이곳을 자주 방문했다. 그리고 어떤 운명의 힘을 느꼈는지, 이곳에 얼마간의 땅을 매입했다. 그 부지가 바로 지금 그의 미술관이 세워진 비오의 산골짝에 있는 이곳이다.

1955년 화가가 74살로 세상과 작별한 후 이곳에 고인의 미술관이 건립된 배경에는 그의 부인 나디아 레제(Nadia Leger)와 화가의 조수였던 조르주 보키에(Georges Bauquier)의 헌신적인 노력이 있었다. 1957년 시작된 미술관 공사는 3년 후인 1960년 5월에 초현대적인 건축물로 탄생했다. 마을버스 정거장에서 내려 산속으로 들어올 때 길을 잃지 않고 미술관을 찾을 수 있었던 것은 멀리서도 한눈에 들어오는 미술관의 파사드 도자기 장식 덕분이었다.

이는 페르낭 레제의 대표작인 독일 하노버시 자전거 경기장 벨로드롬을 장식했던 디자인으로, 미술관 파사드에 그대로 차용해 세라믹으로 만든 것이다. 미술관이 완공되고 7년이 지난 1967년 나디아는 미술관 건물과 300여 점이 넘는 남편의 유작을 모두 국가에 기증했다. 오늘날 페르낭 레제 국립 미술관은 오귀스트 로댕, 외젠 들라크루아, 모로 미술관처럼 한 작가의 작품만을 전시한 손에 꼽는 국립 미술관 중 한 곳이다.

주차장에 있던 대형버스의 주인공들은 모두 어디를 갔는지 궁금했는데, 2층 전시실 앞 넓은 복도에 모여 있었다. 유치원생으로 보이는 어린이들 모두 편안하게 바닥에 앉아 있었다. 월요일 아침 현장 학습으로 미술관 방문을 온 것 같았다. 오전에 도착한 것으로 보아 아마 이 도시 근처에 사는 원아들로 보였다. 미술관 관람이 처음은 아닌 듯, 선생님이나 원생들 모두 일상의 여유를 만끽하는 모습이었다.

사람도 열쇠나 자전거 이상의 중요성을 갖지 않는 하나의 오브제로 표현해 놓은 화가의 그림 속 공허해 보이는 얼굴이 어린아이들 눈엔 어떻게 비칠지 궁금했다. 2층 전시실은 화가의 회화 작품을 제작 연대순으로 전시해 놓고 있었다. 거의 무표정에 가까운 초창기 예술가의 작품 속 인물은 1930년대를 넘어가면서 조금씩 유연해졌다. 그리고 화가의 후기 작품으로 갈수록 좀 더 인간적인 모습으로 바뀌고 있는 점이 아마추어 관람객의 눈에도 흥미로웠다.

전시실을 모두 둘러보고 정원으로 나오니, 세라믹 조각 어린이 놀이터 앞에서, 조금 전 같은 공간에 있었던 원생들이 재잘거리며 놀고 있었다. 놀이터 앞에서 즐거워하는 어린이들의 순진한 모습은 세계 어디에서나 모두 똑같았다. 그들을 보고 있으니, 남프랑스의 작은 시골 마을에도 이렇게 훌륭한 컬렉션을 자랑하는 격이 높은 국립 미술관이 있다는 사실이 몹시 부러웠다.

파리에서 방문했던 미술관이나 박물관에서도 항상 단체로 관람 온 학생들을 볼 수 있었다. 어릴 때부터 자연스럽게 예술 작품을 감상하며 인문학적 소양을 키우는 프랑스 어린이들을 보면서, 문화대국 프랑스의 저력을 실감할 수 있었다.

'인생은 짧고 예술은 길다'라는 말이 새삼 가슴에 와닿았다. 예술가는 가고 없지만, 그의 예술혼은 아직도 생생하게 남아, 미술관을 방문하는 모든 관람객에게 예술의 아름다움에 대한 에스프리를 느낄 수 있게 해 준다.

들라크루아 미술관

시간이 오래 지났지만 아직도 선명하게 기억하고 있는 순간이 있다. 나와 자유의 여신과의 첫 만남이 그랬다. 1984년 어느 추운 겨울 일요일, 나는 두 번째 파리 출장길에서 루브르 박물관을 찾았다. 매월 첫 번째 일요일에는 루브르를 무료 공개한다는 정보를 얻었는데, 마침 출장 스케줄이 11월의 첫 번째 일요일에 파리에 도착하는 일정이었다. 난 마치 큰 행운이라도 잡은 듯 긴 비행시간의 피로도 잊은 채 파리 도착 후 호텔에 짐을 내려놓기 무섭게 루브르 박물관으로 향했다.

유리 피라미드가 없었던 시절, 루브르로 들어가는 입구는 드농관, 리슐리외관, 쉴리관 등 통로가 여러 군데 있었다. 지금은 유리 피라미드 덕분에 지하 통로 한곳으로 모든 입구가 연결돼 편리한 점은 있지만, 옛 왕궁이 주는 기품과 위엄은 예전보다 못한 것이 사실이다. 12세기 말 잦은 외세의 침입으로부터 파리를 지키기 위한 요새로 처음 지어졌던 루브르는 나폴레옹 3세 때까지 증축과 개축을 반복하며 무려 700여 년에 걸쳐 완성된 유서 깊은 궁전이다.

콧대 높은 궁전 박물관에 기다리는 시간 없이 그대로 입장하니 정말 편했고 또 무료라는 어감이 주는 뿌듯함에 나는 훨훨 날아갈 듯 기분이 좋았다. 우선 프랑스 회화 대작이 전시돼 있는 드농관으로 입장했다. 중세 시대 귀족의 대저택 같은 분위기를 물씬 풍기는 입구를 통해 프랑스 회화실이 자리한 층으로 올라갔다. 전시실로 들어갔을 땐 아직 이른 시각이라 관람객이 별로 없었다.

어둑한 조명이 드리운 붉은 빛깔의 전시실 벽면을 가득 채운 수많은 명화들은 오랜 시간이 흘렀지만 그림 속에서는 아직도 현재를 살아가는 주인공으로 남아 있었다. 장엄한 크기로 위엄을 자랑하는 테오도르 제리코의 〈메두사 호의 뗏목〉 그림과 나란히 전시된 외젠 들라크루아의 〈민중을 이끄는 자유의 여신〉을 본 순간, 나는 온몸이 얼어붙는 듯 전율을 느꼈다.

오른손에는 프랑스 혁명 이념인 자유 · 평등 · 박애를 상징하는 삼색기를 들고, 왼손에는 총을 들고 전진하는, 프랑스 공화정의 상징인 자유의 여신 마리안느의 모습에서 두려움이나 공포는 찾아볼 수 없었다. 오로지 자유를 갈구하는 여신의 강인한 의지와 힘이 느껴져 나도 모르게 주먹을 불끈 쥐었다. 항상 마음속으로만 꿈꾸었던 여전사의 이상형을 뜻하지 않은 낯선 곳에서 만난 기쁨에 나는 몸 둘 바를 몰랐다. 그림 앞에서 나도 두려움을 떨쳐 내고 내 한계를 극복해 보겠다는 용기를 얻었다.

'1830년 7월 28일'이라는 부제가 붙은 이 유화는, 왕정복고에 반대하여 봉기한 시민들이 일으킨 3일간의 시가전 중 가장 격렬했던 7월 28일을 모티프로 그린 그림이다. 승리한 파리 시민들은 결국 부르봉 왕가를 무너뜨리고 오를레앙의 젊은 공작 루이 필립을 새 국왕으로 추대했다. 혁명이 일어났던 해, 들라크루아는 이 그림을 시작하면서 형에게 쓴 편지에서 자신의 애국심을 드러냈다.

"저는 조국의 승리를 위해 직접 나서지는 못했지만, 그래도 조국을 위해 이 그림을 그리고 싶습니다."

상상으로 그린 혁명의 시가전에는 바리케이드를 넘어 진격하는, 당시 프랑스 사회의 각 계층을 대표하는 시민들이 그려져 있다. 여신의 오른쪽, 총을 들고 서 있는 부르주아 계급의 신사는 들라크루아 자신을 모델로 그렸다고 한다. 그리고 여신의 왼쪽, 부랑아로 보이는 어린 소년은 훗날 빅토르 위고가 그의 소설『레 미제라블』을 집필할 때, 악덕 여관업자 테나르디에 부부의 막내 아들로 혁명에 가담했던 소년 가브로슈의 모델이 됐다.

혁명 다음 해인 1831년 살롱전에 출품됐던 이 작품은 당시 혁명을 경험했던 관람객들의 마음을 송두리째 빼앗으며 큰 반향을 일으켰다. 프랑스 역사에서 7월 혁명이 차지하는 위상은 유럽이 단일 경제공동체로 유로 화폐를 쓰기 전 100프랑짜리 프랑스 프랑 지폐를 살펴보면 알 수 있다. 지폐 안에는 외젠 들라크루아의 초상화와 함께 〈민중을 이끄는 자유의 여신〉 그림이 인쇄돼 있다.

1798년 태어난 들라크루아의 출생의 비밀은 아직도 풀리지 않는 수수께끼로 남아 있다. 법적으로 외젠은 명문가 외교관인 샤를 들라크루아와 유명한 가구 제조인의 딸인 빅투아르 외벤 사이에서 태어난 네 번째 아이지만, 실제 아버지는 프랑스 대혁명부터 루이 필리프 통치에 이르기까지 줄곧 고위 관직을 지냈던 유명한 멋쟁이 탈레랑이라는 소문이 파다했다.

이 소문의 근거는 무엇보다 그의 아버지 샤를 들라크루아가 심각한 종양으로 생식이 불가능했던 시기에 어머니가 임신을 했다는 사실과 들라크루아의 외모가 탈레랑과 너무 닮았다는 사실에 기인

했다. 실제로 화가가 그린 자화상 속 그의 모습은 미술계의 쇼팽이라 할 만큼 수려하다. 그 당시 시인이며 화가이기도 했던 테오필 고티에는 들라크루아의 외모에 대해 다음과 같이 묘사하고 있다.

"그는 한 번 보면 좀처럼 잊기 힘든 우아하고도 호리호리한 몸매의 젊은이였다. 올리브빛 감도는 창백한 피부, 말년까지 그대로 간직했던 검고 풍성한 머리카락, 표범의 광채가 번득이는 야수 같은 눈, 그 위를 덮고 있는 끝이 살짝 치켜 올라간 짙은 속눈썹, 잘 생긴 치아 위로 굳게 다문 채 엷은 콧수염이 그림자를 드리우고 있는 섬세하고도 얄팍한 입술, 도드라져 보이는 힘찬 턱, 이 모든 것들이 야성적이면서도 이국적인 동시에 불안해 보이기까지 한 외관을 형성하고 있다."

하지만 화가의 준수한 외모보다 더 탁월했던 것은 그림뿐 아니라 음악과 문학에도 조예가 깊었던 그의 광범위하고 예술적인 천재성이었다. 고전주의 선배 화가들이 그림의 모티프를 주로 고대 신화에서 얻었던 것과는 달리, 문학적 재능이 뛰어났던 들라크루아는 단테, 셰익스피어, 바이런, 괴테 같은 세계적인 문호들의 문학 작품에서 그림의 소재를 찾았다.

1822년 들라크루아가 24살에 처음 살롱에 전시했던 출품작도 단테의 『신곡』 지옥 편에서 모티프를 딴 〈단테의 조각배〉라는 작품이었다. 단테와 베르길리우스가 뱃사공의 안내를 받으며 지옥 도시 디스의 성벽을 둘러싸고 있는 호수를 건너는 순간을 묘사한 그림으로, 지옥에서 신음하고 있는 많은 죄인들이 배에 올라타기 위해 사투를 벌이는 장면을 화가의 상상력으로 재현해 놓았다. 하지만 살롱전 출품 당시에는 찬사보다는 비판을 더 많이 받았던 작품이다.

들라크루아는 1824년 26살에 살롱에서 두각을 나타냈던 후부터 1831년 〈민중을 이끄는 자유의 여신〉까지 꾸준히 살롱에 그림을 출품했다. 1832년에는 외교관이었던 아버지의 후광으로 외교사절단의 기록 담당 화가 자격으로 북아프리카의 모로코 방문길에 올랐다. 6개월간의 아프리카 여행은 들라크루아의 작품 세계에 중대한 전환점이 됐다. 그때까지 세련되고 문명화된 유럽 사회만을 접했던 화가에게 낯선 아프리카는 원초적인 아름다움을 담고 있는 신비로운 곳이었다.

화가가 이처럼 이국에 눈을 돌린 것은 꽉 짜인 유럽사회를 벗어나 새롭고 이상적인 삶을 찾고 싶다는 낭만적인 꿈 때문이었다. 그는 아프리카 여행을 통해서 그전까지 자신이 살았던 유럽 중심, 도시 중심, 문명 중심의 사고에서 벗어나 비로소 문화의 다양성에 눈을 뜨기 시작했다. 들라크루아의 화가 인생에서 터닝 포인트가 됐던 아프리카 여행을 소재로 한 기획전을 감상할 기회는 정말 우연한 기회에 내게 찾아왔다.

파리 유학 시절 늦가을의 어느 일요일 오후였다. 나는 특별한 계획 없이 산책을 나왔다. 며칠 전 탔던 69번 버스에 올랐다. 학교에 갈 때는 지각할까 봐 항상 지하철만 이용했는데, 우연히 탔던 버스 안에서 바라봤던 센 강변 풍경은 지하 세계에서는 볼 수 없었던 멋진 풍경을 선사하고 있었다. '등잔 밑이 어둡다'는 속담처럼, 바로 집 앞을 지나는 버스에 이런 멋진 노선이 포함돼 있는지도 모르고 나는 몇 달 동안 계속 지하철만 타고 다녔던 것이다.

일상의 여유를 만끽하는 파리지엔처럼 나는 버스에서 무심히 바깥 거리 풍경을 바라보고 있었다. 오르세 미술관과 루브르를 지나 시청으로 가기 전, 센 강변에 부키니스트(bouquiniste)로 불리는 고본상들이 모두 문을 열고 있는 광경을 보고 나는 버스에서 내렸다. 주로 아침 이른 시각에만 문을 열어서 구경하기 힘들었는데, 그날은 주말이라 그런지 오후 늦은 시각까지 상점 문을 열어놓은 가게들이 많았다.

늦가을의 찬바람이 옷깃을 여미게 할 때까지, 나는 고서점과 고색창연한 상점들을 구경하며 10월의 마지막 주말을 센강에서 보냈다. 집으로 돌아가려고 건널목에 섰을 때, 길 건너편에 외젠 들라크루아 미술관으로 가는 표지판이 보였다. 나는 순간 잊고 있었던 목적지를 찾았다는 듯 서둘러 미술관 방향으로 향했다. 쉽게 찾을 것 같아 표지판만 따라왔는데, 중간에 그만 길을 잃었다. 누구에게 길을 물어보나 고민하고 있었는데, 내 앞으로 파리지엔으로 보이는 중년의 마담 두 명이 걸어오는 모습이 눈에 들어왔다. 난 얼른 다가가 미술관 가는 길을 물었다.

"외젠 들라크루아 미술관에 가려고 하는데 혹시 길을 아시나요?"

"그럼요. 여기서 멀지 않아요. 곧장 한 블록만 올라가서 오른쪽으로 들어가면 작은 광장이 나와요. 거기서 안쪽으로 조금만 더 들어가면 바로 미술관 입구예요."

자세하고 친절한 그녀의 설명 덕분에, 공간 감각이 부족한 내 머릿속에서도 지도가 그려졌다. 난 너무 고마워 '메르시'를 연발했다. 그녀들이 알려 준 길로 들어서니 금방 들라크루아 미술관이 보였다. 그런데 입장권을 사서 전시장 안으로 들어가려고 할 때, 바로 맞은편에서 조금 전 헤어졌던 두 파리지엔이 얼굴에 함박웃음을 지으며 나를 보고 있었다.

"우린 주말에 남은 시간을 어떻게 보낼까 고민하다 마담을 따라 이곳에 왔어요.'

이런 잠깐의 인연으로 나는 10월의 어느 일요일 오후를 두 파리지엔과 함께 옛 기억을 더듬으며, 외젠 들라크루아 미술관에서 보냈다.

낭만의 거리 퓌르스탕베르가에 위치한 외젠 들라크루아 미술관은 화가가 1857년 12월에 이사해, 1863년 8월 13일 생을 마감할 때까지 살았던 아파트 겸 아틀리에다. 국가에서 의뢰한 생 쉴피스 교회의 천장 프레스코화를 완성하기 위해 화가는 교회와 가까운 이곳으로 이사했다. 한때 철거 위기에 놓였던 이 집은 모리스 드니와 폴 시냐크 중심이 된 들라크루아 협회가 결성되면서 다행히

위기를 모면했다. 1932년 첫 전시회로 문을 연 이후 자금 마련에 어려움을 겪다 1971년 국가에 귀속되어 국립 미술관으로 재탄생했다.

매표소 입구 맞은편에 전시실 2층으로 올라가는 엘리베이터가 있다. 계단과 별도로 있는 엘리베이터는 화가 생존에는 없던 시설이었는데, 국가에서 인수하며 새로 설치한 것 같았다. 조금 전 내게 친절하게 미술관으로 오는 길을 알려 준 파리지엔들과 함께 올라탔다. 자연스럽게 우린 서로 인사를 나누게 됐다. 짧은 순간이었지만, 내가 한국에서 왔다고 얘기하자 그녀들 중 한명은 몇 해 전 한국을 방문해서 깊은 인상을 받았다며 반가움을 표시했다.

엘리베이터에서 내리니 바로 전시실 입구가 나왔다. 화가 생전에 아파트로 썼던 공간에서 예술가의 북아프리카 기행 스케치 특별기획전이 열리고 있었다. 유럽과 다른 문명은 모두 동방이라고 생각했던 시절, 화가가 이슬람 문명의 북아프리카 모로코를 여행한 후 그린 작품들이 전시돼 있었다. 어두운 조명과 화려한 색채의 아프리카 기행 회화는 멋진 조화를 이루고 있었다. 드로잉, 편지와 사진, 스케치 그리고 모로코 여행에서 가져 온 기념품들과 팔레트 등 화가가 작업하면서 썼던 도구들도 함께 있었다.

외부의 빛을 차단하고 최소한 조명만 설치해 놓은 전시실에서 밖으로 나오니 마치 영화관에서 금방 나온 것처럼 눈이 부셨다. 아틀리에로 들어가기 전, 프랑스어로 쿠르(cour)라고 부르는 작고 아담한 안뜰로 나왔다. 이곳에 있는 장미, 무화과나무, 소나무, 포플러 등 여러 종류의 나무들은 예술가가 직접 심고 가꾸었던 까닭에 아직도 그 시대 파리 정원의 모습을 간직하고 있었다. 파리의 정취를 만끽할 수 있는 이 소담한 정원이야말로 바로 이 미술관의 가장 큰 매력이 아닐까. 제법 쌀쌀한 공기에 아쉬움을 뒤로 하고 아틀리에로 들어갔다.

화가가 생전에 작업실로 사용했던 공간에 전시됐던 작품 중 가장 기억에 남는 그림은 〈사르다나팔루스의 죽음〉이었다. 루브르 박물관에 전시된 원작의 습작인 이 작품은, 들라크루아가 영국의 낭만파 시인 바이런이 고대 도시 아시리아의 마지막 군주였던 사르다나팔루스의 몰락을 주제로 쓴 시극을 읽은 후 작가의 상상력을 발휘해 그린 작품이다. 바이런의 극은 수도 니네베가 적군의 수중에 떨어지자 감연히 분신 자결을 택한 전설적인 군주 사르다나팔루스를 그린 희곡이었다.

하지만 화가는 이 전설적인 아시리아 군주를 적의 침공을 앞두고 자신이 아꼈던 애첩과 애마를 적의 수중에 넘어가기 전 모조리 목을 자르도록 신하들에게 명령하고 그 살육전을 침대에 누워 태연히 지켜보는 잔인하고 냉정한 왕으로 그렸다. 1827년 살롱에 출품된 이 작품을 본 관람객들은 큰 충격에 휩싸였다.

미술관에서 나오니 어느덧 늦가을의 짧은 해가 벌써 뉘엿뉘엿 넘어가고 있었다. 때로는 사전에 치밀하게 계획한 스케줄보다 아무 생각 없이 무작정 부딪치는 일상이 더 좋은 추억으로 남을 때가 있다. 버스 투어 탐험이 우연히 들라크루아 미술관 방문으로 이어진 그날은 파리에서의 일상이 주는 소소한 행복을 듬뿍 느낀 하루였다.

생애 최고의 만찬

여름 무더위가 한풀 꺾인 2014년 초가을 어느 날, 나는 오랫동안 꿈꿨던 프랑스 유학길에 올랐다. 파리 도착 후 월세 아파트로 이사하고 인터넷까지 개통하고 나서도 학교 수업 시작까지는 며칠 여유가 있었다. 앞으로 1년 동안 이곳에서 살아갈 준비를 끝낸 홀가분함과 설렘을 안고, 여유 시간을 어떻게 보낼지 행복한 고민을 하다 프랑스 거래처 랑프 베르제의 사장인 무슈 마메즈에게 이메일을 보냈다.

간단하게 내 근황을 알리며 만약 시간이 허락한다면 차나 한잔 같이 했으면 좋겠다는 내용을 가벼운 마음으로 보냈는데, 고맙게도 마메즈 사장은 나를 점심 식사에 초대했다. 약속 시각보다 일찍 샹젤리제 랑프 매장에 도착해 샵을 구경하고 있을 때, 한 금발 미녀가 내 곁으로 다가왔다. 새로 부임한 마케팅 매니저로 자신을 소개한 소냐는 유창하게 프랑스어를 구사했지만, 강한 러시안 악센트 때문에 외국인인 내가 처음부터 이해하기는 쉽지 않았다.

온 신경을 집중해 제품 설명을 듣고 있는 동안 무슈 마메즈가 도착했고, 소냐와 함께 우리 세 사람은 근처 레스토랑으로 자리를 옮겼다. 요즘 한창 뜨는 레스토랑이라 예약이 힘들었다는 소냐의 말대로, 레스토랑 입구에는 순서를 기다리는 사람들의 긴 줄이 눈에 띄었다. 실내는 조금 어두웠지만 차분하고 세련된 분위기가 느껴졌다. 안내받은 테이블에 자리한 후 주위를 둘러보니 트렌디한 옷차림의 젊은 사람들이 많았고, 메뉴판을 건네주는 웨이트리스도 모델 못지않게 시크했다.

주위에서 내뿜는 젊음의 에너지와 멋진 분위기에 들떠서 나도 모르게 식전주로 시킨 샴페인을 한숨에 들이켰다. 하지만 식사 전 들뜬 기분에 마신 이 축배가 두 달 동안 나를 고생시킬 독배가 될 줄은 전혀 예상치 못했다. 빈속에 들이킨 샴페인으로 내 얼굴은 순식간에 화끈거렸고, 달아오른 얼굴을 계속 신경 쓰느라 메인 요리로 시킨 생선 맛도 제대로 음미하지 못하면서 대화를 이어 가기 위해 신경을 곤두세웠다. 우리가 식사 중 무슨 대화를 했는지 방금 전 이야기 화제도 잘 기억이 안 났다. 디저트로 시킨 커피로 달아오른 열기를 좀 가라앉힌 후에야 차차 정신을 차릴 수 있었다.

드디어 식사가 끝났다는 안도감에 나는 두 사람보다 앞서 밖으로 향했다. 화끈거리는 얼굴이 계속 신경 쓰여 찬 공기를 쐬려고 서둘러 밖으로 나오다 레스토랑 출입구에 작은 턱이 있는 것을 못 보고 넘어지면서 왼쪽 발을 접질렸다. 아픈 것보다는 창피한 생각에 서둘러 일어났는데, 근처에 있던 사람들 모두 무심히 나를 쳐다보고만 있었다. 난 그때 문득 깨달았다. 내가 지금 있는 곳이 한국이 아닌 파리의 중심지 샹젤리제라는 냉혹한 현실을.

소냐와 마메즈 사장이 놀라서 다가왔다. 난 애써 아무렇지 않은 척하며 일어났다. 다행히 랑프 매장까지는 통증을 참으며 걸을 수 있었다. 무슈 마메즈에겐 신제품 핑계를 대고 매장에 좀 더 있다 가겠다 하고 작별 인사를 했다. 소냐 사무실에서 차 한 잔을 마시며 쉬었는데도 발의 통증은 더 심해졌다. 집에 가서 편하게 쉬는 게 나을 듯해 택시를 불러 타고 간신히 집으로 돌아왔다.

아파트 현관문을 열고 방에 들어오자마자 양말부터 벗었다. 다친 왼발은 생각보다 많이 부어 있었다. 식전에 샴페인을 마시지 말았어야 했는데… 레스토랑 문을 나설 때 좀 더 조심했어야 했는데… 돌이킬 수 없는 실수를 후회하며 나는 바보같이 계속 자책했다. 내가 이곳에 오기까지 많은 도움을 준 승옥 언니에게 전화할까 말까 망설이다가 괜히 호들갑을 떠는 것 같아 그만뒀다. 갑자기 긴장이 풀리면서 졸음이 쏟아졌다. 잠시 눈을 붙인 것 같은데, 밖은 벌써 저녁 땅거미가 몰려오고 있었다.

시간이 지나면 좀 낫겠거니 했는데 다친 발은 아직도 많이 부어 있었다. 급한 마음에 걸을 수 있을까 확인해 보려고 일어나려다 비명을 지르며 다시 주저앉고 말았다. 덜컥 겁이 났다. 난 더 이상 망설이지 않고 승옥 언니에게 전화했다.

"언니 나 발을 접질러서 걸을 수가 없는데, 어떻게 하지?"

"부기를 가라앉히는 좋은 약이 있어. 그걸 오늘 꼭 바르고 자야 내일 아침에 걸을 수가 있을 텐데… 난 지금 외출할 수가 없으니 큰일이네."

좀 더 일찍 전화했으면 언니가 올 수 있었을 텐데, 난 또 쓸데없는 후회를 하고 있었다. 파리 교외 일드프랑스에 사는 언니가 늦은 오후에는 외출하기 어렵다는 사실을 왜 생각하지 못했을까. 그때 전화벨이 울렸다.

"선주가 저녁에 개 산책시키러 나오면서 너희 집에 들르겠대.

그때 약 사 간다고 하니 걱정 말고 기다려."

조금 전 걱정스런 말투로 전화를 끊었던 언니의 목소리는 어느새 밝은 목소리로 바뀌어 있었다. 선주 언니는 승옥 언니의 고등학교 동창으로, 내가 사는 아파트에서 걸어서 20분 정도 거리의 가까운 곳에 살고 있었다. 일주일 전 우연히 한국 식당에서 같이 점심 식사를 한 것이 선주 언니와의 첫 번째 만남이었다. 난 언니의 호의에 너무나 감사했다. 어느새 내 기분은 비 갠 후의 무지개를 본 것처럼 밝아졌다. 그리고 얼마 후 선주 언니가 문자를 보내왔다.

"인순 씨, 내가 저녁에 잭슨 데리고 산책하면서 약 사서 들를게. 집에 닭요리 해 놓은 게 있으니 갖고 갈게. 저녁 같이 먹어."

단 한 번 만났던 선주 언니는 나보다 작은 체구지만 첫눈에도 몹시 당차 보였기에 늦은 시각에도 우리 집까지 문제없이 올 것 같았다. 하지만 땅거미가 짙게 내려올수록 내 맘속에서는 자꾸만 불안한 생각이 들기 시작했다. 아무리 파리에서 오래 살아도, 또 개를 동반한다 해도 저녁 늦은 시간에 파리 밤거리를 걷는 게 쉬운 일이 아닌데. 문득 한국에서 9천 킬로미터 떨어진 파리에 나 혼자 버려진 것처럼 슬퍼졌다. 바로 그때 새로운 문자 도착을 알리는 기분 좋은 알림 소리가 났다.

"인순 씨, 나 지금 잭슨 데리고 출발하니 20분 후엔 도착할 거야."

한번 들어가면 절대 살아서는 밖으로 나올 수 없는 동굴 속 미로에서 헤매다, 아리아드네가 준 실타래로 입구를 찾아 나온 테세우스처럼 '난 살았구나' 하는 기분이 들었다. 인터폰 소리에 문을 열었을 때 내 눈에 처음 들어왔던 건 꼬리를 살랑살랑 흔들던 잭슨이었다. 내 생애 개가 이렇게 반가웠던 적이 있었던가. 처음 만난 잭슨을 난 마치 가족이라도 되는 것처럼 자연스럽게 맞아들였다. 막내아들이 집에서 개를 길러 보자고 할 때마다 설레설레 손사래를 쳤던 내가 아니던가.

한 손엔 잭슨을 묶은 개 목걸이 줄을 잡고 나머지 한 손엔 큰 쇼핑백을 든 언니는 힘에 부치지도 않는지, 거뜬하게 들고 온 보물들을 풀어 놓았다. 쇼핑백 안에서 주섬주섬 꺼냈던 것은 삔 데 바르는 약부터, 아직 온기가 느껴지는 밥과 닭요리 거기다가 레드와인 1병도 챙겨 왔다. 이미 늦은 시각이라 나는 재빨리 식탁을 차렸다. 따뜻한 밥과 형형색색의 야채와 어우러진 닭고기를 보기 좋게 접시에 담았다. 레드와인까지 곁들인 우리들의 만찬은 이 세상 어떤 진수성찬과도 견줄 바 아니었다.

오전에 샴페인에 취해 발을 다친 사실도 잠시 잊고 나는 두 번째 만난 선주 언니와 함께 레드와인으로 건배했다. 이번에는 천천히 와인 향을 맡으며 한 모금으로 목을 축였다. 그때 나는 깨달았다. 행복은 멀리 있는 파랑새가 아니라 바로 내 일상의 평온함에 있다는 것을. 그리고 가장 훌륭한 식사는 어디에서라는 공간이 중요하지 않다는 것을. 세상 무엇과도 바꿀 수 없는 감동이라는 위대한 양념이 들어간 음식을 누군가와 함께 하는 것이야말로 가장 기억에 남는 식사였다.

저녁 식사 후 언니는 잭슨을 데리고 돌아갔다. 밤 10시가 넘은 시각이었다. 잠자리에 누워서 나는 그날 하루 동안 일어났던 일을 차분히 생각해 보았다. 내 생애 가장 길었던 하루가 아니었을까. 발을 다치지 않았으면 정말 좋았겠지만, 그로 인해 파리에서도 나를 보살펴 주는 언니들이 있다는 사실이 얼마나 감사한 일인지 새삼 깨달았으니 아주 나쁜 일만은 아닌 셈이었다. 그리고 무엇보다 그날 밤의 저녁 식사가 내 생애 최고의 만찬이었음을 두고두고 기억하리라 마음먹었다.

잊을 수 없는 맛 부이야베스

파리에 체류하면서 내가 첫 번째 기차 여행 목적지로 마르세유를 선택한 것은, 몇 년 전 한국에서 관람한 뮤지컬 〈몽테크리스토 백작〉을 보고 난 뒤 다시 읽은 완역본 소설 덕분이었다. 초등학생 시절 『암굴왕』이라는 다소 어려운 한자어 제목으로 번역된 알렉상드르 뒤마(Alexandre Dumas, 1802~1870)의 장편소설은 극적인 스토리로 동화책 전집류에서뿐 아니라 만화책으로도 출간돼 상당한 인기를 누렸다. 어렸을 때 읽었던 책의 대략적인 내용은 생각났지만 주인공 당테스의 복수 과정을 좀 더 자세히 알고 싶어 다시 완역본을 집어 들었다.

『몽테크리스토 백작』은 친구의 모략으로 14년 동안 외딴섬 감옥에서 수감 생활을 한 주인공 에드몽 당테스가 우연히 옆 감방에 갇힌 파리아 신부를 만나서 '몽테크리스토'라는 보물섬의 존재를 알게 되고, 목숨을 건 탈옥 후에는 보물섬을 찾고 이름도 몽테크리스토 백작으로 바꾼 뒤 치밀하게 복수극을 펼치는 흥미진진한 스토리의 장편소설이다.

이 소설의 무대가 바로 마르세유로, 에드몽이 수감 생활을 했던 감옥이 항구에서 5km 떨어진 이프 성채(Chateau d'If)다. 이 소설은 원래 뒤마가 1844년 8월 28일부터 1846년 1월 15일까지 일간지 〈데바(Journal des debats)〉에 연재했던 소설이다. 대중적인 인기에 힘입어, 지금도 마르세유에서는 매년 6월이면 에드몽 당테스의 이프성 탈출을 기념하는, 마르세유와 이프성 5km 구간 수영대회를 개최하고 있으며, 매년 700명 이상의 수영객이 참가하고 있다.

크리스마스를 보내고 새해를 맞기 전, 마르세유 여행은 첫 직장인 에어프랑스에서 함께 일했던 양승옥 언니와 같이 하기로 했다. 프랑스에서 20년 이상 산 그녀 역시 마르세유 여행은 처음이라며 흥분을 감추지 못했다. 리용 역에서 출발한 TGV는 3시간 만에 우리를 마르세유-생샤를 역에 내려주었다. 12월말이긴 했지만, 그래도 남프랑스의 겨울은 파리보다는 따뜻할 거라는 내 예상은 마르세유에 도착한 첫날부터 여지없이 깨졌다.

바다를 낀 항구 도시의 칼바람이 맞아 주는 마르세유는 프랑스 사람보다는 외국인을 더 쉽게 만날 수 있는 이국적인 분위기를 풍기고 있었다. 프르미에르(première—프랑스어로 1등급이라는 뜻)가 들어간 단어만 보고 선택한 호텔에 막상 들어가 보니 지은 지 오래되고 수리를 안 한 낙후된 시설이라 실망도 했지만, 새해를 맞기 전 재미있고 즐거운 추억을 만들자고 우리는 서로를 달랬다.

다음 날은 구항구가 위치한 바닷가로 가서 이프성에 가는 배편도 알아보고 마르세유의 전통음식 부이야베스(bouillabaisse)를 먹기로 했다. 구항구에 도착해, 이프성으로 가는 배편을 물어보니 바람 때문에 배가 출항하지 못한다고 했다. 설사 출항을 해서 성까지 간다고 해도, 기상이 악화되면 당일에 돌아오지 못할 수도 있다고 하니 아쉽지만 이프성 방문은 다음을 기약하는 수밖에 없었다. 아쉬움을 뒤로 하고 우린 일단 바닷가를 걸으며 오늘의 스케줄을 조정하기로 했다.

마르세유에 이미 다녀온 한국 사람들의 여행 후기 중에 항구 도시라 그런지 부산과 닮아서 왠지 친근한 느낌이 난다고 쓴 글을 읽은 적이 있다. 겨울에 부산 바닷가를 가 본 적은 없었지만 나는 이 도시가 부산과 닮았다는 의견엔 동의할 수가 없었다. 우선 해운대처럼 모래사장이 펼쳐진 해변이 없었다. 게다가 수많은 여객선이 들고 나는 항구 주위로 셀 수 없이 많은 레스토랑이 자리 잡고 있는 풍경은 내가 알고 있는 부산과는 완전히 다른 모습이었다. 어디선가 비둘기 배설물이 언니의 코트 위로 떨어졌다.

파리에서 개똥은 몇 번 밟았지만, 머리 위에서 세례를 받아 보긴 처음이었다. 근처 수돗가로 뛰어가서 상황을 수습하고, 우린 비둘기 배설물을 처음 방문한 항구 도시의 환영 인사로 받아들이자며 웃어 넘겼다. 바닷가를 산책하며 마르세유에 오면 꼭 먹어야 하는 부이야베스 잘 하는 식당을 찾아 나섰다. 이번 여행의 두 번째 목적이었던 부이야베스 시식은 꼭 성공해야 하는 필사의 미션이었다.

우리가 전주에 가면 꼭 맛봐야 하는 전통 음식이 전주비빔밥인 것처럼, 마르세유에서 꼭 먹어 봐야 하는 음식이 바로 이 부이야베스다. 매운탕처럼 여러 가지 생선을 넣고 푹 끓이는 생선스튜 요리라 생각하면 된다. 옛날에는 어부들이 잡은 생선바구니에서 마지막으로 남은 작은 잡어들로 끓였다고 하는데, 지금은 전통 요리의 맛을 지키기 위한 세부적인 레시피를 기록한 부이야베스 헌장까지 존재한다고 한다.

이 헌장에 따르면 부이야베스에 들어가는 생선은 생피에르(saint pierre-달고기류), 대구(merlan), 아구(lotte), 쏨뱅이(rascasse), 붕장어(congre)등 특정 어종만을 쓰도록 엄격하게 제한하고 있다. 하지만 주로 관광객을 상대로 하는 마르세유 구항구 근처에서 이런 레시피를 지키는 양심적인 레스토랑을 찾는다는 것은 쉽지 않아 보였다.

스프를 만드는 과정만 해도 프라이팬에 올리브유를 듬뿍 넣어 마늘을 볶아 내고 화이트 와인과 생선을 넣어 푹 끓인 뒤, 믹서에 갈아서 체에 받쳐 고운 국물만 걸러 내야 한다. 우리나라 매운탕보다 훨씬 손이 많이 가고 조리 시간이 오래 걸리는 것은 당연하다. 그러니 조금 비싸더라도 헌장에 열거한 이름의 생선이 메뉴판에 기재된 레스토랑을 선택하는 것이 맛있는 부이야베스를 먹을 수 있는 최상의 방법이다.

첫 번째 미션은 실패했지만 두 번째 미션은 꼭 성공적으로 완수해야 한다는 비장함으로 우린 바닷가 끝에서부터 반대편까지 모든 식당의 메뉴를 꼼꼼히 들여다보았다. 부이야베스 헌장에 나온 첫 번째 생선 생피에르의 이름을 메뉴에서 확인한 두 레스토랑을 찾았다. 이제 다시 왔던 길로 내려가면서 최종 결정하기로 했다. 한 레스토랑의 분위기를 살피고 있는데, 주인으로 보이는 여사장이 나와서 영어로 호객 행위를 했다. 관광객을 상대로 오랜 세월 영업을 한 주인답게 노련했다. 그렇지만 멀리 한국에서 온 두 손님은 마음을 닫아 버리고 마지막 남은 식당으로 발길을 옮겼다.

한국에선 잘 안 끼던 장갑에 목도리로 빈틈없이 무장을 했는데도 살을 에는 칼바람은 사정없이 파고들었다. 특히 무방비 상태인 얼굴은 바닷바람의 집중 공격을 받아 코와 귀가 빨개지고 얼얼했다. 이젠 한시라도 빨리 마지막 식당으로 들어가는 수밖에 없었다. 바닷가를 좀 더 가까이에서 볼 수 있게, 메인 식당 앞에 비닐하우스처럼 만들어 놓은 레스토랑 내부를 살짝 들여다보니, 일찍 점심을 시작한 관광객들 중 부이야베스를 먹는 사람이 눈에 띄었다. 먹음직스러운 모양새에 군침이 살짝 돌았다.

레스토랑에 들어오니 맘씨 좋아 보이는 무슈가 기분 좋게 맞아 주며, 바닷가를 보면서 식사할 수 있는 맨 앞자리로 안내해 줬다. 곁눈질로 살짝 본 부이야베스가 너무 양이 많은 것 같아 1인분 주문도 가능한지 물어보니 안 된다고 했다. 많은 생선을 넣고 끓여야 하기 때문에 1인분만 만들 수가 없단다. 우린 두말 않고 부이야베스 2인분과 친절한 무슈가 추천한 로제 와인도 반 병 주문했다. 부이야베스를 먹을 줄 아는 사람은 화이트 와인이 아닌 로제 와인을 곁들여 먹는다고 했다.

찬바람으로 얼어붙었던 몸이 녹으며 기분 좋은 나른함에 젖어들 무렵 우리가 시킨 요리 중 스프가 먼저 나왔다. 부이야베스와 매운탕의 가장 큰 차이점은, 매운탕은 국물과 생선을 함께 끓여 나오는 데 반해 부이야베스는 각각의 맛을 온전하게 즐길 수 있도록 국물 따로 생선 따로 나온다는 것이다.

모락모락 김이 나면서 고소한 냄새를 풍기는 스프를 한 입 먹으니 추위에 얼었던 몸과 마음이 언제 그랬냐는 듯 스르르 녹아들었다. 바게트를 잘게 자른 크루통을 스프에 적셔 먹으니 또한 별미였다. 프루스트가 이곳에서 태어났다면 분명 이 맛에 반했을 텐데… 로제 와인으로 건배를 하고 있으니 두 번째 요리인 생선이 나왔다.

그렇게 많은 생선을 한꺼번에 식탁에 올려놓고 먹어 보기는 처음이었다. 포슬포슬하게 익힌 감자와 함께 흐트러지지 않아 본래의 아름다운 자태를 뽐내고 있는 생선이 간택을 기다리며 끊임없이 유혹의 눈길을 보내고 있었다. 원래 비린내가 덜한 생선만을 재료로 쓰기 때문인지, 프랑스에서는 생선 요리를 주문하고 나서 후회한 적이 한 번도 없었다.

이번에도 나의 기대를 저버리지 않은 마르세유의 특별한 생선 요리는 미각과 후각은 물론 시각까지도 만족시켜 주었다. 이프 성채를 못 간 것은 아무 문제가 되지 않았다. 프르미에르 호텔이 3등급 수준인 것도 전혀 문제가 없었다. 맛있는 부이야베스를 맛본 것으로 우리의 마르세유 기행은 행복한 기억으로 오래 남을 것이다.

부르고뉴로 떠난 와인 기행

우리나라에서도 한때 와인 공부 열풍이 뜨겁게 불었던 적이 있었다. 프랑스어를 전공한 내게도 어려운 세파쥬, 그랑 크뤼, 떼르와르… 이런 와인 용어들을 상식으로 알고 있어야 대화에 동참할 수 있었던 시절의 얘기다. 지금은 그 열기가 많이 식었지만, 그래도 여전히 와인의 인기는 시들 줄 모른다. 나는 와인은 일반적으로 와인 전문샵이나 슈퍼마켓에서 구입하는 것으로만 생각했다.

하지만 한국 주부들이 김장철에 좋은 배추를 사기 위해 직접 고랭지 산지를 찾아가는 것처럼, 와인 애호가들은 좋은 와인을 찾기 위해 샤토를 직접 방문해서 질 좋은 와인을 구매하는 것을 삶의 한 즐거움으로 누린다는 사실을 프랑스에 와서 알게 됐다. 그것은 파리 유학 시절 고등학교 동창 2명과 함께 떠났던 부르고뉴 와인 길을 따라가는 여행을 통해서였다.

김정희는 30년 넘게 파리에서 살고 있는 고등학교 동창이다. 그녀와는 중, 고등학교 시절 6년 동안 한 번도 같은 반에서 공부할 기회가 없었지만, 고등학교 1학년 때 잠깐 과외 활동을 같이하면서 친하게 지냈다. 고등학교 졸업 후 30년이 지난 2004년, 내가 파리로 출장 갔을 때 잠깐 만났고, 그리고 이번 만남이 두 번째가 되니 지난 재회 이후 다시 10년 만이었다. 오랜만에 갖는 반가운 만남의 장소를 우리는 긴 공사 기간을 거쳐 새롭게 개장하는 피카소 미술관으로 정했다.

마레 지구의 한 저택을 개조한 미술관은 고택의 우아함과 현대

미술관의 모던함을 적절히 조합한 기분 좋은 공간이었다. 마레는 이곳에서도 한창 뜨고 있는 트렌디한 구역으로, 난 그날 약속 장소로 가는 도중 길에서 헨델의 오페라 리날도의 〈울게 하소서〉 아리아를 하늘에서 내려온 천사 같은 목소리로 노래하던 소프라노 지망생도 만났다. 프랑스의 많은 매력 중 하나가 바로 이런 격조 높은 거리 공연이다. 전혀 뜻밖의 장소에서 마주치는 일상 깊숙이 자리한 이런 예술 공연이 바로 나를 이 머나먼 나라까지 오게 만든 힘이었다.

오랜만에 만난 약간의 어색함도 파블로 피카소의 명화 앞에서는 눈 녹듯이 사라졌고, 우린 마치 어제 헤어졌다 다시 만난 친구처럼 정겹게 미술관을 탐험했다. 헤아릴 수도 없을 만큼 많은 명화들이 있었지만, 가장 뇌리에 남았던 작품은 〈한국에서의 학살〉이라는 작품이었다. 우리나라에 한 번도 온 적이 없었던 화가지만, 〈게르니카〉처럼 전쟁의 비참함을 상상으로 그린 작품이었다. 전쟁의 가장 큰 희생자는 여성과 어린이라는 메시지를 강렬하게 보여 주고 있었다.

미술관에 입장하면서 주의 깊게 봐둔 2층의 오픈 테라스로 올라갔다. 건물의 옥상을 가벼운 식사나 커피를 마실 수 있는 오픈 카페로 만든 공간이었다. 예술 작품 관람 후의 진한 커피 한 잔은 놓칠 수 없는 즐거움이었기에, 초겨울 문턱에 들어선 파리의 서늘한 공기와 함께 음미했던 카페오레 맛은 전시장을 오르내리며 쌓인 피로를 씻어 주기에 그만이었다. 내가 파리에서 마셨던 카페오레 중 가장 잊지 못할 맛이었다.

감미로운 커피 향에 더해 정희는 멋진 계획을 한 가지 꺼내 놓았다. 독일에서 20년 이상 살았던 동창 이명순이 귀국 전 잠시 이곳에 들르면, 부르고뉴 지방의 와인 루트를 따라 여러 샤토를 방문하는 여행을 기획 중인데, 그 여행길에 나도 함께하면 좋겠다는 매력적인 제안이었다. 난생처음 여고 동창 두 명과 함께 떠나는 와인 여행은 생소한 것이었지만, 나는 그 달콤한 유혹을 뿌리칠 수가 없었다.

여행 출발 전날, 나는 다음 날 소풍을 기다리는 어린아이처럼 설레는 마음에 잠을 잘 이룰 수가 없었다. 고등학교 졸업 후 40여 년 만에 처음 만나는 명순이는 어떻게 변했을까, 무슨 말부터 꺼내면 좋을까 등등 여러 가지 생각으로 계속 뒤척이다 늦게야 겨우 잠이 들었다. 그러나 다음 날 아침 정희 집 현관 앞에서 만난 우리들은 너무나 자연스러웠다.

"어머 인순아, 정말 오랜만이다. 어쩜 옛날하고 똑같으니."

"명순아, 너도 예전 고교 시절 때 모습 그대로야."

몇 년 만의 만남인가 하는 그런 세월의 간극은 아무 문제가 되지 않았다. 우리들의 물리적인 나이는 환갑을 바라보고 있었지만, 추억의 시간은 아직 10대였던 여고 시절에 멈춰 있었다.

지나간 시절 이야기에 시간 가는 줄도 몰랐다. 우리는 문득 자동차 여행을 떠나기로 했다는 사실을 깨닫고, 무궁무진한 이야기 보따리는 여행길에서 풀기로 하고 출발을 서둘렀다. 각자 짐 가방을 챙겨 드는데, 바퀴 달린 소형 트렁크 한 개만 준비한 나와 달리 친구들은 짐이 많았다.

"2박 3일 여행치고는 짐이 너무 많은 것 같은데."

"오늘 점심은 휴게소에서 먹을 예정이라 도시락을 준비했더니 짐이 좀 많네."

나는 내 짐만 꾸리느라 먹거리 챙길 생각은 전혀 못했는데, 친구들은 도시락을 준비하느라, 전날 장도 보고 준비를 많이 한 것 같았다. 그 순간 나는 혼자 공짜 여행을 하는 것 같아 좀 미안한 마음이 들었다.

고속도로로 진입해서 1시간 남짓 달리니, 점심시간이 가까웠다. 첫 번째 휴게소에서 점심을 해결하려 했지만, 그곳엔 오붓하게 앉아 도시락을 먹을 만한 공간이 따로 없었다. 궁여지책으로 자동차 좌석에 그대로 앉아서 먹었던 점심 식사는 전혀 새로운 체험이었다. 초겨울의 따사로운 햇살을 받으며, 우리는 자동차 콘솔 박스 위에 식탁을 차렸다. 그리고 도시락 뚜껑을 열었던 순간의 감동이란……

하얀 쌀밥과 초록색 시금치나물 그리고 노르스름하게 구워진 동그랑땡은, 형형색색 색깔의 향연만으로도 눈과 입을 즐겁게 해주었다. 한국에서는 명절 때만 힘들게 준비했던 동그랑땡을 친구들은 우리 여행의 점심 반찬으로 예쁘게 만들었다. 촉촉한 시금치와 함께 먹었던 동그랑땡은 고기와 야채의 절묘한 어울림으로 목넘김이 부드럽고 감칠맛이 났다. 명절 때면 손이 안 가던 동그랑

땡을 이렇게 맛있게 먹었던 적이 언제였는지 헤아려 봤다. 내가 먹어 본 전 중 가장 매혹적인 맛이었다.

점심 식사 후 출발해서 2시간 정도 더 달려, 우리는 부르고뉴 지방의 주도인 디종 시내에 도착했다. 일단 주차를 한 뒤, 시내를 한 바퀴 둘러봤다. 파리에서 3시간 남짓 달려와 도착한 이 도시는 파리와는 또 다른 느낌을 주었다. 우리는 프랑스의 어느 지방 도시에 도착한 것이 아니라 마치 독일의 한 도시에 와 있는 느낌을 받았다. 백화점과 중앙 광장에 설치해 놓은 크리스마스트리는 머나먼 길을 떠나온 나그네들의 마음을 설레게 만들었다.

우리는 광장에 있는 동상을 바로 마주 보고 있는 근사한 카페로 들어갔다. 실내는 밖에서 봤던 공간보다 훨씬 넓고, 정말 유니크했다. 북 카페 콘셉트로 디자인한 실내 공간은 마치 도서관 같은 분위기를 풍기고 있었다. 기대를 뛰어넘은 뜻밖의 내부 풍경에 우린 몹시 기분이 좋아졌다. 크레프와 함께 커피를 마시며 우리들의 대화는 끝없이 이어졌다. 어느덧 창밖에는 겨울의 짧은 해가 뉘엿뉘엿 지고 있었다. 우리는 애꿎게 짧은 겨울 해를 탓하며, 아쉬움을 뒤로 하고 카페와 작별했다.

첫날 호텔은 다음 날 방문할 샤토에서 멀지 않은 곳에 위치한 곳으로, 이미 와 본 경험이 있는 정희가 미리 예약해 놓았다. 대도시의 큰 호텔과는 다른 아담하면서도 친근감이 느껴지는, 오랜만에 찾아간 시골 친정집 같은 정겨운 시골 호텔이었다. 밖은 이미 완전히 어둠이 내려 있었다. 우리는 가방만 호텔방에 올려놓고 저녁을 먹으러 밖으로 나왔다. 부르고뉴 지방에 온 첫날의 저녁 식사 메뉴는 지방 특식인 베프 부르기뇽(Bœuf bourguignon)이라 불리는 부르고뉴식 소고기 스튜 요리로 정했다.

음식 문화가 뛰어난 프랑스는 각 지방마다 그곳에서만 맛볼 수 있는 특색 있는 요리가 있다. 요리에 들어가는 재료는 꼭 그 지방에서 나는 농산물과 와인을 써야 제대로 된 맛을 낼 수 있다고 한다. 우리가 여행 첫날 먹었던 베프 부르기뇽은 꼭 부르고뉴산 레드 와인을 넣고 푹 끓여야 하는 소고기 스튜였다.

여행 비수기라 이런 작은 마을에서 저녁 식사를 할 수 있는 식당을 찾기가 쉽진 않았다. 다행히 호텔에서 멀지 않은 곳에 저녁을 제공하는 식당이 단 한 군데 있어 호텔 직원이 예약해 준 곳으로 우린 밤길을 걸었다. 파리에선 느낄 수 없었던 신선한 밤공기가 차갑게 느껴졌지만 기분만은 상쾌했다. 친구들과 함께 걸었던 부르고뉴 지방의 시골 밤길은 새로운 경험이었다. 우리는 저녁 먹으러 들어오라고 엄마가 부를 때까지 실컷 놀다 집으로 돌아가는 철없는 소녀들 같았다.

시골 식당이라고는 하지만 그 분위기와 음식 맛과 서비스는 오히려 파리의 레스토랑보다 더 높은 점수를 주고 싶었다. 식당에 도착하니 우리가 첫 손님인 듯 기분 좋게 맞아 주었다. 비수기 때 하는 여행의 장점이 바로 이런 것이 아닐까. 분위기는 좀 활기가 없어 보일 수도 있지만 대신 정성을 다하는 친절한 서비스를 누릴 수 있어서 큰 위안이 됐다. 정희는 이미 여러 차례 먹어 본 음식이라 다른 메뉴를 골랐고, 나와 명순이는 처음 맛보는 부르고뉴의 특선 요리를 시켰다. 그리고 이 음식을 먹을 때 꼭 함께 마셔야 하는 부르고뉴산 레드 와인도 곁들였다.

첫날 무사히 여행을 마친 안도감과 다음 날의 기대감이 함께한, 와인을 곁들인 우리들의 저녁 식사는 너무나 훌륭했다. 다만 한 가지 아쉬움이 남는다면 애피타이저를 너무 맛있게 먹어서 메인인 베프 부르기뇽 맛을 충분히 음미하지 못했다는 것이다. 내 입맛에는 많이 짰다. 지금 생각해 보면 바게트와 같이 먹었더라면 좀 더 맛있게 먹을 수 있었을 텐데 하는 아쉬움이 남는다.

세 명도 너끈히 같이 잘 수 있을 것 같은 킹사이즈 침대 위에서 나는 명순이와 둘이서 옆에 누가 있는지도 못 느낄 정도로 편하게 잤다. 데이베드처럼 생긴 간이침대에서 잔 정희가 편히 잤는지 모르겠다. 키로 따지면 정희가 이 침대를 써야 하는데, 처음 이곳으로 여행 온 친구들을 위해서 양보했다. 다음 날 어제 저녁엔 어두워서 볼 수 없었던 바깥 풍경이 궁금해 커튼을 젖히니, 바로 방 앞에 큰 나무 한 그루가 우뚝 서 있다. 마치 우리나라 시골 마을 입구의 느티나무 같았다. 그리고 뒤로는 모두 포도밭이었다. 서울 촌놈이 난생 처음 포도밭을 보고 탄성을 질렀다. 옆에서 보고 있던 정희가 빙그레 웃었다.

"오늘은 하루 종일 질리도록 포도밭만 볼 거야. 그리고 몇 군데 샤토를 들러서 와인 시음을 하고…"

그 말을 듣고 보니 우리는 문득 마음이 바빠졌다. 체크아웃하고 중심가로 나가니 어제 저녁을 먹었던 식당 근처에 아침 일찍 문을 연 카페가 눈에 띄었다. 카페오레 한 잔과 크루아상 한 개로 간단한 아침 식사를 인당 2유로로 해결했다. 1유로짜리 시골 카페 맛이 예사롭지 않았다. 주인 마담의 카페 솜씨가 소문이 났는지 이 마을 무슈들은 카페오레를 마시러 모두 아침 일찍 이 카페로 출근하는 듯했다. 카페 한구석을 장식하고 있는 수많은 수탉 모형들이 재미있어, 휴대폰으로 열심히 사진까지 찍고 나서야 카페 문을 나섰다.

언제 다시 올지 모르는 마을을 가슴에 담기라도 할 듯 우린 마을 주변을 샅샅이 둘러봤다. 대도시와 달리 이른 시각인데도 벌써 개점한 가게들이 종종 눈에 띄었다. 한 와인 전문샵 문이 열려 있어 우리는 잠깐 구경만 하려고 들어갔다. 밖에서 봤을 땐 몹시 작은 가게로 보였는데, 들어가 보니 와인 판매만 하는 것이 아니라, 지하에는 와인 저장 창고도 있고, 큰 레스토랑까지 겸하고 있었다. 매장 입구에 놓인 사진에는 원로 영국배우 션 코네리와 함께 찍은 사진이 걸려 있었다.

사진을 보고 마치 아는 사람을 뜻하지 않은 곳에서 만난 듯 반가움을 표시하니, 주인은 몇 해 전 그가 이곳을 방문했을 때 함께 찍은 사진이라고 자랑하며, 우리에게도 그 앞에서 사진을 찍으라고 했다. 진심에서 우러나온 친절함으로 느껴져 우린 사진도 찍고 지하 와인 저장 창고까지 내려가서 구경했다. 다시 1층으로 올라오니 상술 좋은 젊은 주인은 벌써 4가지 와인 테스팅 잔과 와인 병을 놓고, 그날 자신의 샵을 방문한 첫 번째 고객을 위한 준비를 끝내고 있었다.

모두 부르고뉴산 레드 와인이었다. 각 와인마다 특성과 빈티지와 포도 품종 등을 알려 주면 우린 맛과 향을 음미하면서 기분 좋게 마셨다. 나는 이렇게 이른 아침부터 와인을 마셔 보긴 처음이었다. 한 모금씩이었지만, 네 종류를 모두 시음했더니 취하는 것 같았다. 거의 와인 전문가 수준인 정희의 추천에 나도 레드 와인 두 병을 구입했다. 내년 파리 메종 오브제 전시회 기간 중에 가족들이 파리를 방문할 예정이니 그때를 위해 사 두었다. 단 두 병을 구입했지만 직접 테스팅 후 내가 고른 와인과 그냥 동네 슈퍼에서 구입한 그것과는 기분만으로도 하늘과 땅 차이인 것 같았다. 정희는 첫 매장에서 두 박스나 구입했다.

첫 와인샵의 기분 좋은 시작이 오늘의 일정에 대한 기대감을 높여 줬다. 끝도 없이 펼쳐진 포도밭을 따라가다 그 유명한 로마네 콩티 와이너리 앞에 섰다. 와인 공부를 따로 하진 않았지만, 로마네 콩티가 비싼 와인의 대명사라는 것은 나도 들어서 알고 있었다. 이제 한국에 돌아가면 로마네 콩티에 가 봤노라 자랑해야지 하고 잠시나마 푯말 앞에서 사진 포즈를 취하며 우쭐해했다.

포도밭은 마음대로 볼 수 있었지만, 좀 규모가 큰 샤토를 방문하려면 입장료를 내야 했다. 또 모든 샤토를 다 방문하기에 하루 일정으로는 무리가 있어서, 대표적인 곳 두세 군데만 방문하기로 했다. 왕족과 귀족들만의 전유물인줄 알았던 샤토가 와인을 재배

하던 지방 유지들에 의해 운영됐던 역사를 알고 나니 꽤 흥미로웠다. 공짜라고 여러 종류의 와인을 주는 대로 다 먹었더니, 나는 혼자 얼굴이 빨개지고 또 숨이 좀 가빠 왔다. 오후에는 조금 자제해야겠다고 생각했다.

두 번째로 방문한 샤토는 입장료도 받고 시음도 잔당 3~5유로씩 받았다. 요금이 너무 비싼 것 같아 정희가 다시 한 번 확인했다. 와인을 선택하기 위한 시음도 돈을 내야 하냐고 물어보니 그렇단다. 역시 프랑스다. 우리나라 같으면 구매 의사가 있어 보이면 무료로 한 잔 줄 텐데 말이다. 프랑스 사람들이 얄미울 때가 바로 이런 순간이다. 몇 군데 돌아다니다 보니 벌써 점심시간이 한참 지났다. 그런데 점심을 먹을 만한 곳이 보이지 않았다. 출발하기 전에 점심식사를 해결하지 못하면 굶어야 하는 상황이었다. 호텔에 도착하기 전까지는 계속 포도밭만 이어지는 길이라고 정희가 말했기 때문이다.

오전에 마셨던 와인의 취기에서 깨어나고 있던 나는 문득 시장기가 느껴졌다. 말은 못하고 속으로만 배고프다고 생각하고 있을 때 명순이가 주섬주섬 뭔가를 꺼내서 우리들에게 나눠 줬다. 어제 아침 친구들이 준비해 온 도시락 가방에는 아직도 샌드위치와 오렌지가 남아 있었다. 그리고 식었지만 커피까지 한 잔씩 마실 수 있었다. 친구들이 챙겨 온 먹거리로 우리들은 두 끼를 차 안 레스토랑에서 산해진미보다 더 맛있게 먹었다.

명순이와 내가 허기를 면한 뿌듯함에 만족해하고 있을 때, 정희

기사는 계속 어딘가로 전화를 하고 있었다. 내 기억에 오전부터 계속 통화를 시도했던 것 같았다. 궁금증을 참지 못하고 물어보니, 작년에 이곳에 왔을 때 와인을 싸게 샀던 딜러한테 와인을 사겠다고 미리 연락을 했는데, 안타깝게도 사장인 아버지는 그새 유명을 달리해서, 그의 아들과 전화 통화를 하느라 좀 시간이 걸렸다고 했다.

정희는 단골 고객의 성향을 가지고 있는 것 같다고 내 나름으로 추측해 보았다. 훌륭한 와인을 좋은 가격에 구입했던 인연으로, 죽은 아버지 대신 그 아들에게서 와인을 구입하고 싶어 하니, 아마도 이곳에 온 가장 큰 미션도 지난번과 같은 와인을 구입하는 것이었으리라. 왜 그렇게 많은 와인을 구입하는지 호기심에 물었다.

"나는 좋은 일이 있을 때나 또 선물할 일이 생기면, 고민하지 않고 와인을 사용해. 그래서 미리 1년 치 좋은 와인을 구입해 두면 두고두고 요긴하게 쓰거든."

한국 주부들이 김장철 김장을 끝내야 겨울 준비를 끝냈다고 생각하듯이, 정희는 와인을 미리 구입하는 것을 다음 해를 준비하는 필수적인 미션으로 생각하고 있었다. 그만큼 와인은 이곳에선 누구에게나 필요한 생활필수품이므로 실수하지 않고 환영받는 선물이다.

몇 번의 통화 끝에 정희는 드디어 그 아들과 통화에 성공했다. 약속한 시간까지는 좀 여유가 있어서, 우리는 근처에 있는 간이

와인바로 들어갔다. 오전 내내 마셨던 와인이 모두 레드 와인 종류여서, 우리들은 화이트 와인과 샤르키트리라 불리는 햄, 소시지 같은 훈제식품 모듬을 안주로 시켰다. 한국에선 와인을 먹을 땐 치즈가 제일 궁합이 잘 맞는 안주로 생각했는데, 의외로 햄과 소시지 종류가 화이트 와인 맛과 잘 어울렸다. 차가운 화이트 와인 첫 모금에 몸의 긴장이 풀리면서 기분 좋은 노곤함이 몰려왔다.

우리는 약속 시간보다 조금 일찍 도착했다. 시골집 마당에서 그를 기다리고 있는데, 안채의 살림집에서 누군가 나왔다. 정희가 용건을 말하니 우리에게 잠깐 안으로 들어오라고 했다. 그곳에 계신 할머니는 우리나라 시골 할머니처럼 정겹게 느껴졌다.

처음 보는 이방인인데도 추우니 거실로 들어오라고 문을 열어 주었다. 들어가서 바로 마주 보이는 거실 벽에는 생전에 부자가 함께 찍은 사진이 눈에 띄었다. 정희는 스스럼없이 할머니와 이런 저런 얘기를 나눴다.

얼마 후 아들이 도착했고, 와인 구매 상담이 시작됐다. 두 사람의 표정이 너무 진지해서 명순이와 나는 뒤로 살짝 물러나 한쪽 창고 구석에서 기다렸다. 흥정이 순조롭게 진행됐고 결제와 동시에 포장까지 정희의 와인 구매는 일사천리로 끝났다. 작별 인사 후 자동차 시동을 거는 정희의 표정에서 프로젝트를 무사히 끝낸 팀장 같은 홀가분함이 느껴졌다. 우리도 덩달아 미션을 훌륭히 수행해 낸 팀원이 된 뿌듯함을 함께했다.

마을을 벗어나기 전 골목길 어귀에 공동묘지가 보였다. 정희는 또 그냥 못 지나친다. 이 동네에 오래 살았으니 고인은 틀림없이 이곳에 묻혔을 거라며 언제 다시 올지 모르는데 보고 가자고 했다. 프랑스의 공동묘지는 한자어의 '묘지'라는 어감이 주는 부정적인 느낌보단 추모공원이란 표현이 더 잘 어울린다. 여기에서도 개성이 강한 프랑스인의 성격이 그대로 드러난다. 추모비는 제각각 다른 모양이지만, 주변과 서로 어우러지게 꾸며 놓았다.

마을 공동묘지는 파리의 몽파르나스나 페르라셰즈처럼 방대한 규모가 아닌데도, 우린 고인의 묘를 찾지 못하고 그냥 발길을 돌려야 했다. 예약한 숙소를 찾아 우리 여행의 마지막 밤을 보낼 곳에 도착했다. 호텔은 우리가 전날 묵었던 곳보다 더 작은 뫼르소라는 이름을 가진 소도시 광장 근처에 있었다. 이 작은 도시의 이름은 철자까지 알베르 카뮈의 소설 『이방인』의 주인공 뫼르소(Meursault)와 똑같았다. 우연일 뿐이라도 그래서 이 소도시가 더 매력적으로 느껴지는 것만 같았다. 호텔방에 짐을 놓고 우리는 이 여행의 마지막 만찬을 해결해 줄 식당을 수소문했다. 다행히 저녁 식사를 제공하는 유일한 식당을 찾았다.

우리는 정말 큰 기대 없이 따뜻한 저녁 한 끼를 해결하기 위해 식당에 들어갔다. 그런데 시골 식당 메뉴는 생각보다 다양했고, 무엇보다 주인 마담이 정말 친절했다. 우린 모두 각자 취향에 맞게 다른 메뉴로 주문했다. 정희와 난 코스로 시켰는데, 명순이는 양파 수프 하나만을 시켰다. 양파로 만든 수프가 어떤 맛일까 몹시 궁금하기도 했지만, 저녁 식사로 수프만 먹기에는 너무 양이

적지 않을까 걱정부터 들었다.

항아리 모양의 그릇에 담겨서 맨 처음 나온 양파 수프는 모락모락 김이 나면서 고소한 냄새까지 풍기고 있었다. 먹기 전인데도 냄새만으로도 충분히 감동이었다. 식탁에 앉아 있던 우리들의 이런 감동이 부엌에 있던 셰프에게 전달됐는지, 그는 조리실에서 고개를 내밀고 우리를 향해 손짓을 했다. 그 맛이 너무 궁금해서 우리는 양파 수프를 조금씩 덜어서 맛봤다.

내 생애 처음으로 먹어 봤던 양파 수프는 맛의 새로운 세계로 들어가는 느낌이었다. 양파만으로 어떻게 이런 맛을 낼 수 있을까 정말 신기했다. 양파의 달착지근한 맛이 고소한 맛과 어우러져 양파 한 가지로도 훌륭한 요리가 완성됐다. 한국에서는 몹시 추운 날 어묵 국물로 추운 몸을 녹이듯이, 여기에선 양파 수프 한 그릇이면 너끈하게 추위를 이길 수 있을 것 같았다. 여행에서 돌아온 후 그 맛을 못 잊어 인터넷에서 검색해 보니, 양파 수프 요리에는 그뤼예르 치즈가 꼭 들어가야 한다고 했다.

하루 종일 차를 타고 다녔지만 오슬오슬 뼛속까지 스미는 추위에 너무 떨었는지 난 식당에 들어와서도 코트 안에 입었던 얇은 재킷을 벗지 않고 식사를 하고 있었다. 메인 요리를 가져다주며 마담은 양파 수프를 먹었는데 아직도 추우냐고 하면서 막 덥다는 큰 제스처를 한다. 너무 귀여운 몸짓이어서 우리는 웃지 않을 수 없었다. 자연스럽게 나는 얼른 재킷을 벗어 의자 뒤에 걸어 놓았다.

디저트까지 나온 후 셰프는 우리에게 먼저 들어간다는 인사를 했다. 우리도 마치 단골집 고객인 것처럼 작별 인사로 손을 흔들었다. 커피가 나오고 이젠 우리 여행의 마지막 저녁 식사가 끝났다. 카드로 식대를 지불하고 기분 좋게 넉넉한 팁을 접시에 놓고 나오려고 하는데, 명순이 제동을 걸었다. 애교쟁이 기질이 있는 그녀는, 독일에서는 그렇게 하지 않는다며 손수 주인 마담에게 두 손으로 팁이 놓인 접시를 건네줬다. 마담도 우리의 고마운 마음을 이해했는지 "메르시"를 연발했다.

　이렇게 해서 와인 기행의 마지막 만찬은 작은 식당에서 만난 예상 밖의 훌륭한 식사와 다정한 사람들 덕분에 또 하나의 잊지 못할 아름다운 추억으로 남았다.

프랑수아 1세의 샹보르성

프랑스는 문화대국이다. 그들의 문화에 대한 자부심은 재작년 3월 파리에서 열렸던 2016 파리도서전 개막 행사에 참석했던 문화부장관의 말에 고스란히 들어 있다. 한국계 입양아 출신인 플레르 펠르랭의 후임으로 문화부 장관직에 오른 오드리 아줄레는 축사에서 '문화는 프랑스의 심장과 같다'고 말했다.

2016년은 한불수교 130주년을 맞아 양국에서 다양한 문화 행사가 열렸던 의미 깊은 해였다. 배병우 사진작가의 샹보르성(Château de Chambord) 전시회도 한국 문화계를 설레게 만든 큰 문화 프로젝트 중 하나였다. 세계적인 문화 트렌드를 선도하고 있는 프랑스 현지에서 한국인 예술가가 펼치는 전시회 소식은 늘 자랑스럽고 반갑다.

경주 소나무 사진으로 유명한 배병우 작가는 지난 2년간 레지던시 작가로 초대받아 루아르(Loire) 지방 고성에 거주하며, 경주 남산의 소나무를 통일 신라를 호령한 왕들의 영혼이 깃든 신비한 시선으로 담아낸 것처럼, 동양인의 시선으로 샹보르성 주변 숲을 사진으로 담는 뜻깊은 작업을 했다.

경주가 문화적으로 가장 번성했던 시기를 신라가 통일을 이룩한 뒤 왕권 강화와 내치에 힘쓴 31대 신문왕 때부터라고 본다면 7세기가 된다. 그리고 샹보르성이 르네상스를 맞았던 시간은 프랑수아 1세가 왕위를 계승한 16세기부터다. 따라서 배병우 작가 사진전은 한국의 통일 신라와 프랑스 발루아 왕조의 900년을 뛰어넘는 시간과 9,000km를 넘는 공간의 간극을 훌훌 넘나드는 전시회가 되는 셈이다.

특히 한불수교 130주년을 기념하는 다양한 행사 중, 프랑스 내 '한국의 날'을 기념하는 행사의 일환으로 진행되는 프로젝트라 더욱 그 의의가 깊었다. 작가의 사진 전시회 소식을 신문에서 접하고 보니, 2015년 3월 파리 유학 시절, 고교 동창 김정희와 함께 봄이 오는 길목에서 찾았던 루아르 고성 탐험이 아련한 추억으로 떠올랐다.

중세 시대 수도인 파리에서 100km 이상 떨어진 루아르 지방에 이렇게 많은 고성이 세워진 이유는 백 년 전쟁(1337~1453)과 밀접한 관계가 있다. 1337년 발루아 왕조 필리프 6세부터 시작된 전쟁은 그의 증손자 샤를 7세 치하까지 계속됐다. 그때까지 강력한 중앙집권 통일국가를 이루지 못했던 프랑스는, 부르고뉴 공국과 손잡은 영국군에 수도 파리를 함락당했고, 샤를 7세는 루아르 지방 투렌까지 퇴각하며 절체절명의 위기에서 시농성으로 피신했다.

샤를 7세가 우연히 찾아낸 루아르 계곡의 고성은 윗부분이 돌출된 천연 요새 철옹성이었다. 시농성 피난 생활 중 아르마냑 공국의 군사 원조와 '프랑스를 구하라'는 신의 계시를 받은 17세 소녀 잔 다르크의 활약으로 프랑스군은 오를레앙을 탈환하고 116년 간 지속된 백 년 전쟁의 막을 내렸다.

전쟁이 끝난 뒤 루아르는 천혜의 자연 조건 덕분에 군사 전략상 중요한 거점이 되면서 그곳에 수많은 성이 건설됐다. 또한 이 탈리아에서 한 세기 전 시작됐던 르네상스가 프랑스로 전해지면서 루아르 지역의 풍경을 완전히 바꿔 놓았다. 중세 시대 요새 역할을 했던 암울한 분위기의 고성은 완전히 모습을 감추고 향락과 축제를 위한 장소로 탈바꿈하면서 훌륭한 건축 유산으로 남게 됐다. 루아르강을 따라 계곡에 세워진 수많은 성은 2000년 유네스코 세계문화유산으로 지정되는 영광을 안기도 했다.

자동차 없이 루아르성을 방문하려면, 기차로 투르에 도착해 현지에서 시작하는 루아르 고성 투어 프로그램에 합류하는 것도 한 방법이다. 정희와 내가 선택했던 프로그램은 오전에 앙브와즈와 클로 뤼세 방문 그리고 오후에 샹보르와 쉬농소 성 방문으로 하루 일정이 끝나는 현지 투어였다.

워낙 방대한 지역에 걸쳐 고성이 있기 때문에 많은 성을 하루에 다 볼 수는 없다. 고성 투어는 작은 RV 차량으로 예약자를 모집 후 미팅 포인트에서 만나서 방문하게 될 성으로 이동만 시켜 주고 성 내부 관람은 각자 자유롭게 하는 매우 효율적인 투어 코스다. 오전에 투르 시내에서 가장 가까운 거리의 두 고성을 방문하고 점심 식사 후 다시 만나 샹보르성으로 향했다.

루아르 계곡의 수많은 고성 중 그 규모로 타의 추종을 불허하는 샹보르성은 첫 만남부터 웅장한 위용에 압도된다. 호수를 앞에 끼고 광활한 숲 덤불 한가운데 우뚝 자리한 건축물은 파사드 길이가

156m나 되는 장엄함을 자랑할 뿐만 아니라 좌우 대칭 균형미도 뛰어났다. 기록에 의하면 성을 건설하는 데 필요한 22만 톤의 돌을 나르기 위해 인부 1,800명이 동원됐고, 성안의 방 개수는 426개나 됐다고 한다.

프랑수아 1세의 지시로 1519년 시작된 성의 공사는 그의 사후 아들 앙리 2세까지 이어졌고, 그 후 태양왕 루이 14세 때 완공됐다. '짐이 곧 국가다'라는 유명한 말로 강력한 왕권을 주창했던 태양왕은 각종 왕실 연회와 사냥 대회를 이곳에서 열었다. 1670년경에는 몰리에르가 이곳에서 〈부르주아 귀족〉을 왕 앞에서 초연했다고 한다. 성의 내부에는 프랑수아 1세를 상징하는 불도마뱀과 'F' 이니셜이 도처에 새겨져 있다.

사냥을 소재로 한 수많은 타피스리와 박제된 사슴뿔이 한 방을 가득 채우고 있었다. 사냥을 즐겼던 프랑수아 1세의 취향을 그대로 간직한 방이다. 샹보르성에서 가장 유명한 것은 레오나르도 다 빈치가 설계했다는 거대한 이중 나선형 계단이다. 한쪽 계단이 다른 쪽 계단을 에워싼 형태로, 내려가는 사람과 올라오는 사람이 마주치는 일이 없도록 설계되었다.

이탈리아 르네상스를 프랑스에 처음 가져온 왕이라 해서 프랑스 르네상스 군주라 일컬어지는 프랑수아 1세는 안타깝게도 이 성이 완공되기 전 눈을 감았다. 그러나 성 곳곳에 그의 탁월한 예술적 취향을 남겨 놓았다. 샹보르성은 건축사적으로는 물론, 역사적인 가치로도 루아르 고성 중 가장 뛰어난 작품으로 평가받고 있다.

 기회가 된다면 배병우 작가의 전시회가 끝나기 전에 다시 한 번 샹보르성을 방문해 보고 싶다는 바람은 결국 이루지 못했다. 하지만 루아르 계곡의 아직 탐험해 보지 못한 수많은 고성들이 내게 여전히 유혹의 손길을 보내고 있다. 사실 웅대하고 화려한 샹보르성의 외관에 비해 내부는 휑해 보이는 공간들이 많다. 프랑스 혁명 때 성난 군중들이 성안에 있었던 가구와 많은 내부 장식품을 약탈해 갔기 때문이다. 배병우 작가의 작품 사진들이 아쉬웠던 내부 공간을 통일 신라의 소나무 향으로 그득히 채워 주었으리라 상상해 본다.

우아한 귀부인 슈농소성

루아르 고성 중 백미는 단연코 슈농소성(Château de Chenonceau)이다. 일명 귀부인 성으로 불리게 된 이면에는, 여섯 번이나 바뀐 성주가 모두 귀족 부인이었던 역사가 있다. 정희와 내가 함께했던 고성 투어의 마지막 방문지가 이곳이었다. 오전에 방문했던 샹보르, 앙브와즈 고성도 각각의 매력으로 아름다웠지만, 하이라이트는 바로 이 성이라 우리는 큰 기대감을 갖고 마지막 방문지를 둘러봤다.

작은 나무다리를 건너 하늘 높이 뻗은 울창한 플라타너스 숲길로 접어들었다. 시간만 넉넉하다면 여유롭게 거닐고 싶을 만큼 예쁜 산책로였다. 하지만 우린 숲길을 빠져나와 성으로 가는 길로 향했다. 입구에서 처음 마주친 성은 샹보르 고성처럼 위압적인 규모가 아니라 한결 마음이 편했다. 셰르강 위에 떠있는 귀부인 성은 강물에 비친 실루엣까지 마치 한 폭의 풍경화 같았다. 주변을 둘러싼 강과 나무, 햇살과 그림자까지 모두 그녀를 위해 존재하는 자연 속 무대 장치처럼 보였다.

슈농소성은 1513년 샤를 8세 때 왕실 재정 감시관이었던 토마 보이예가 르네상스 양식의 저택을 건립했던 것이 시초다. 하지만 이탈리아 원정이 빈번했던 왕을 대동하느라 대부분의 시간을 전쟁터에서 보냈던 남편을 대신해 그녀의 부인이었던 카트린 브리송네가 실질적으로 성의 건축 공사를 총지휘했다. 성주 부부가 사망한 후 1535년 이 성은 왕실로 귀속됐고 프랑수아 1세 다음으로 왕위를 계승한 앙리 2세가 자신보다 나이가 20살이나 많은 애첩 디안

드 푸아티에(Diane de Poitiers)에게 성을 하사하면서 그녀가 슈농소의 두 번째 성주가 됐다.

예술적 안목이 뛰어났던 디안은 당대 내로라하던 화가, 조각가, 건축가, 조경사들을 불러들여 자신의 취향대로 성을 꾸몄다. 하지만 영원할 것만 같았던 그녀의 행복도 첫 공주 엘리자베트와 스페인 필리페 2세와의 결혼 축하연에서 벌어진 마상창 시합에서 눈을 다친 앙리 2세가 후유증으로 사망하자 막을 내렸다. 국왕 서거 후 왕비 카트린 드 메디시스(Catherine de Médicis)가 가장 먼저 했던 일은 슈농소성을 포함해 디안이 앙리 2세로부터 하사받았던 모든 것들을 다 회수하는 것이었다. 이렇게 해서 왕비 카트린은 이 성의 세 번째 성주가 됐다.

1층은 넓은 복도로 이어지는 회랑이었다. 시원하게 트인 공간에 일정한 간격으로 나 있는 창문을 통해 유유히 흘러가는 강물이 보였다. 강 위에 이런 멋진 회랑을 만든 주인공이 왕비 카트린 드 메디시스다. 르네상스 시기 이탈리아 최고의 부호인 메디치가의 딸로 1519년 피렌체에서 탄생한 그녀는 태어난 지 불과 몇 주 만에 고아가 됐다. 당시 혼란스러웠던 정치 상황으로 한동안 수녀원에서 숨어 지내야 했지만 작은할아버지인 교황 클레멘스 7세가 다시 권력을 잡은 후에는 수준 높은 르네상스 교육을 받을 수 있었다.

그리고 교황과 프랑수아 1세의 동맹으로 카트린은 프랑스 국왕의 차남인 오를레앙 공(후일 앙리 2세)과 1533년 정략결혼을 했다. 엄청난 지참금과 함께 수준 높은 르네상스 문화를 프랑스 궁정에 들여왔지만. 정작 남편은 20살 연상녀 디안에게 빠져 있었다. 1536년 왕세자인 프랑수아가 갑자기 사망하자 차남인 오를레앙 공이 왕세자가 되며 카트린은 왕세자빈이 됐다. 하지만 피렌체에서 온 왕세자빈에 대한 프랑스 왕가의 반감으로 그녀는 힘든 나날을 보냈다.

결혼 후 10년 동안 후사가 없었던 그녀는 마침내 11년째 되던 해 첫 아들을 출산했다. 그리고 15년간 10명의 자녀를 출산했다. 1547년 프랑수아 1세 사망 후 오를레앙 공이 앙리 2세로 프랑스 왕위를 이어받고. 카트린은 왕비가 됐지만 애첩의 기세에 눌려 그녀는 여전히 권력의 뒤안길에 있었다. 12년간의 왕비 시절에도 자식들 교육까지 모두 디안에게 맡겨야 했던 수모를 당했지만, 사고로 죽은 국왕의 뒤를 이어 카트린의 세 아들은 모두 발루아 왕조 왕위를 물려받게 됐고, 드디어 왕비는 어두운 터널에서 나와 권력의 정점에 서게 됐다.

이 회랑은 왕비의 열 자녀 중 그녀가 가장 사랑했던 발루아 왕조의 마지막 왕 앙리 3세를 위해 증축한 공간이다. 1577년에는 회랑의 완공을 기념해 대연회가 열렸다.

지하로 내려가니 식당과 주방이 나왔다. 그날 방문했던 네 성중 유일하게 주방 공간이 살림살이로 가득 차 있어 귀부인 성의 정체성을 잘 보여 주고 있었다. 질서정연하게 가지런히 정돈된 수많은 주방 기구들은 언제라도 대연회를 치를 준비를 하고 있는 듯했다. 식당 입구 벽 위에 걸린 수많은 구리 냄비들이 쏟아지는 오후 햇살을 받으며 눈부시게 반짝이고 있었다.

2층은 귀부인들의 침실로 개인적인 취향을 엿볼 수 있는 사적인 공간이다. 가장 화려한 침실은 벽과 천정 모두 금색으로 치장한 카트린 왕비의 방이다. 왕비는 디안을 이 성에서 내쫓은 후 성 곳곳에 남아 있는 그녀의 흔적을 지우기 위해 자신의 침실을 더욱 화려하게 치장했다. 카트린 왕비는 프랑스 역사상 최초로 검은색 상복을 입은 트렌드 세터기도 했다. 이전에는 장례식 때 흰 옷을 입는 것이 전통이었다. 하지만 왕비는 앙리 2세 사망 후 줄곧 검은 옷만 입었다. 벽에 걸린 초상화 속에서도 그녀는 검은 옷을 입고 있다.

3층은 카트린의 며느리인 루이즈 드 로렌의 침실이다. 카트린은 가장 사랑했던 아들 앙리 3세가 암살당하자, 남편을 잃은 며느리를 성으로 불러들였다. 네 번째 성주가 된 루이즈는 슬픔을 표현하기 위해 자신의 방을 검은색으로 어둡게 꾸몄다. 그녀가 들어온 후 성은 화려했던 옛 영화를 잃어버리고 한때 수녀원 같은 분위기를 풍겼다고 한다.

그리고 프랑스 혁명의 와중에서 슈농소를 구했던 귀부인은 루이즈 뒤팽이다. 그녀는 다섯 번째 성주로서 성을 일종의 문화 살롱으로 만들어 볼테르, 몽테스키외, 장 자크 루소같은 계몽주의자와 예술가들을 위한 문화 공간으로 할애했다. 마지막 성주는 부유한 가문의 상속녀 마르게르트 페루즈였다.

슈농소성은 성주가 바뀔 때마다 증축과 개축을 거듭했다. 그때마다 성의 분위기가 바뀌는 혼란을 겪었지만, 지금은 루아르 강변의 고성 중 가장 사랑받는 성으로 자리매김하고 있다. 그 역사의 주인공들 중 가장 치열하게 권력 다툼을 벌였던 두 라이벌, 디안과 카트린 두 사람의 일화는 역사책에 빠지지 않고 등장하는 이야깃거리다. 정작 본인들은 생사를 건 치열한 경쟁을 벌였겠지만, 우리는 역사의 뒤안길에서 그들이 벌인 암투를 흥미진진한 시선으로 바라보고 있다.

보-르-비콩트성

연일 30도가 넘는 무더위와 열대야에 잠 못 이루던 어느 여름 밤, 나는 잡지를 뒤적이다 눈길을 사로잡는 사진 한 장을 발견했다. 여름밤 특집이라는 타이틀과 함께 실린 사진엔 고색창연한 17세기 성이 은은한 촛불 빛 가운데 기품과 위엄을 드러내고 있었다. 숲으로 둘러싸인 주위는 온통 어둠에 잠겨 있고, 그 한가운데서 홀로 불 밝힌 고성은 신비롭기 그지없었다.

　매년 여름 시즌이면 밤마다 2,000여 개의 촛불을 밝혀 거대한 규모의 성과 정원을 하늘거리는 빛으로 밝게 비추는 이벤트 '보르-비콩트(Château de Vaux-le-Vicomte)성에서의 캔들리트 이브닝'을 홍보하는 사진이었다. 잠 못 드는 이런 여름밤에 기하학적인 프랑스 정원에서 자연을 만끽하는 시간이라니, 그야말로 한여름 밤의 꿈이 아닌가. 때로는 사진이 주는 멋진 이미지로 상상의 나래를 펴는 것이 실제보다 더 로맨틱한 체험일 수도 있다.

　프랑스 유학 시절 막바지에 나도 이 성을 방문했다. 막 싱그럽게 피어오르는 초여름 햇살의 열기를 느낄 즈음이었다. 모든 지나간 것은 다 그리워지는 것인지. 이 성에 갔다 집으로 돌아오는 길에 예기치 못한 사건으로 가슴 졸였던 기억이 떠오르며, 나도 모르게 슬며시 미소를 지었다. 그때는 프랑스 황금시대의 가장 웅장하고 화려한 성을 방문했다는 즐거움보다는 고생했던 기억만 떠올라, 그 후로 다시는 혼자서 성을 방문하지 않겠다는 원칙까지 세웠는데……. 세월은 참 놀라운 힘을 가지고 있다. 언젠가 여름밤에 혼자라도 꼭 촛불 밝힌 이곳을 다시 방문해 보겠다는 의지를 다지고 있으니 말이다.

    이 성을 방문하기 전에 나는 프랑스에서 가장 화려하고 아름다운 성은 베르사유라고 생각했다. 그래서 태양왕 루이 14세가 베르사유를 짓는 데 직접적인 영감을 주었고, 그 웅장함과 화려함으로 태양왕의 질투심까지 불러일으켰다는 이 성이 더욱 궁금했다. '내일은 맑음'이라는 일기 예보를 확인한 어느 초여름의 주말, 나는 아침부터 일찍 서둘렀다. 믈룅(Melun)행 열차를 타기위해 리용역에 도착하니 이미 많은 여행객이 열차를 기다리고 있었다.

    여행이 주는 설렘은 참 멋지다. 거기엔 멀거나 또는 가깝거나 이런 공간적인 거리는 큰 의미가 없다. 다만 지금 내가 있는 현재의 삶에서 잠시 훌쩍 떠난다는 홀가분함과 자유가 주는 심리적인 사유가 더 크다. 나도 많은 여행객들 틈에 섞여 그들과 함께 여행의 설렘을 공감하고 있었다. 성 주변으로 가는 교외선 열차로 30분 정도 가니 믈룅역에 도착했다. 셔틀버스로 갈아타고 성으로 들어가는 초입에 1km 정도 이어지는 플라타너스 길을 달렸다. 그 길이 얼마나 고즈넉하던지 목적지도 잊어버리고 그냥 이대로 달리고 싶을 정도였다.

    1661년은 프랑스 역사에서 중요한 두 가지 사건이 일어났던 해다. 첫 번째는 루이 14세 통치 시기의 총리대신 마자랭의 사망이다. 강력한 왕권 확립을 원했던 루이 14세는 마자랭이 사망하자 총리 자리를 공석으로 남기고 '짐이 곧 국가다'라는 기치 하에 자신이 직접 국정을 관할했다. 두 번째는 바로 보-르-비콩트 성의 완공으로, 이는 왕의 권력을 상징하는 유럽 제1의 성 베르사유 궁을 재건축하는 계기가 되었다.

당시 재무총감이었던 니콜라 푸케(Nocolas Fouquet)는 가장 부유하고 영향력 있는 인물이었다. 권세 있는 가문 출신에 다재다능했던 그는 그야말로 금수저를 물고 태어난 인재였다. 그에 반해 라이벌이었던 장 바티스트 콜베르(Jean-Baptiste Colbert)는 상인의 아들로 태어난 평민 출신이었지만 푸케와 쌍벽을 이룰 만큼 뛰어난 재능의 소유자였다. 마자랭 총리의 추천으로 루이 14세가 그를 재무성에 발탁했다.

콜베르는 푸케를 항상 눈엣가시처럼 여겼다. 호시탐탐 약점을 노리던 콜베르는 마침내 재무총감인 푸케가 자신의 거처로 보-르-비콩트 성을 지으며 국고의 돈을 유용한 증거를 발견했다. 즉각 국왕에게 그 사실을 보고했지만, 어린 시절 이미 귀족의 난을 두 번이나 겪었던 왕은 성이 완공될 때까지 기다리며 신중을 기했다. 어느 날 국왕은 재무총감에게 지나가는 말로 성이 언제 완공되는지 넌지시 물어본다. 왕의 관심에 감격한 푸케는 서둘러 공사를 끝내도록 지시하고 루이 14세를 위한 성대한 연회를 준비했다.

파리에서 남동쪽으로 50km 지점에 위치한 성은 퐁텐블로성과 가까워 전략적으로도 뛰어난 위치 조건을 갖추고 있었다. 푸케는 자신이 거처할 성을 짓기 위해 당대 내로라하는 최고 건축가들을 불러들였다. 건축은 궁정소속 1등 건축가인 루이 르 보(Louis Le Vau)가, 내부 장식은 미술 아카데미 창시자인 샤를 르 브룅(Charles Le Brun)이, 그리고 조경은 천재 조경사 앙드레 르 노트르(André Le Notre)가 맡았다. 1661년, 드디어 웅장한 건축물이 당대 거장들의 손에서 탄생했다. 푸케의 자만심은 하늘을 찌를 듯했다.

그해 8월 17일, 당대 최고의 셰프 프랑수아 바텔(François Vatel)이 기획한 초호화 연회가 이 성에서 열렸다. 당시로서는 획기적인 무대 장치까지 처음 선보이며, 몰리에르의 희곡 〈거짓말쟁이〉가 초연됐다. 루이 14세와 모후인 안 도트리슈, 왕비인 마리 테레즈까지 국빈이 참석한 연회는 아름다운 음악과 재미있는 연극, 화려한 불꽃놀이와 훌륭한 음식까지 완벽했다. 상상을 초월하는 성의 호사스러움과 화려함에 국왕인 루이 14세는 성주인 푸케에 대해 노여움과 함께 질투를 느꼈다. 이 성과 비교하면 그 당시 국왕의 거처였던 루브르나 퐁텐블로 그리고 루아르의 샹보르성은 너무 초라해 보였기 때문이다.

연회가 끝나고 얼마 후 푸케는 국고횡령 및 반역죄로 종신형을 선고받았다. 나는 새도 떨어뜨릴 정도로 권력의 최절정에 있었던 루이 14세 시대의 재무총감 니콜라 푸케는 오랜 수감 생활 후 추방되어 망명길에 올랐다. 그리고 타지에서 쓸쓸히 불행한 최후를 맞이했다. 결국 자신의 분에 넘치는 화려한 궁전은 돌이킬 수 없는 화만 초래한 셈이 되었다.

이 성의 백미는 기하학적인 프랑스식 정원이다. 성 테라스에서 바라본 정원은 과학적 설계와 치밀한 구성으로 마치 한 땀 한 땀 정성들여 수놓은 양탄자를 보는 듯했다. 정원은 운하까지 아기자기하게 이어졌다. 화려한 장식물은 대부분 운하가 시작되는 다리 부분에 있었다. 다리 밑 동굴 벽화에는 바다 신 넵튠이 수호신처럼 운하를 지키고 있었다. 운하를 건너면 완만한 경사가 끝없이 펼쳐지는 산책로다. 이 언덕길 위에서 마주보는 건너편 성과 정원이 저 멀리 아득하게 보였다.

왔던 길로 돌아 다시 성으로 들어가니, 2층에는 옛날 장식을 그대로 보존하고 있는 푸케의 방과 거울로 가득 들어찬 마담 푸케의 방이 나란히 있었다. 새삼 당시 유럽에서 가장 아름다운 성과 정원을 지은 후 그 기쁨을 채 누리지도 못하고 말년을 감옥에서 불행하게 보낸 푸케에게 연민의 감정이 들었다. 인간의 욕심은 끝이 없나니. 과유불급이라는 사자성어가 생각났다. 권력의 맛에 취해 잘못된 판단을 하고 하루아침에 낙오자가 된 삶과 오늘날까지도 그 아름다움을 뽐내고 있는 궁전의 극명한 대비가 남긴 교훈은 지나침이 모자람만 못하다는 것이었다. 동서양을 뛰어넘는 삶의 교훈을 17세기 프랑스 역사 속에서 발견한다.

이젠 다시 파리로 돌아가야 할 시간이었다. 잠시나마 대연회가 열렸던 1661년 어느 여름날로 돌아가, 대연회에 참석했던 루이 14세와 왕비 마리 테레즈 그리고 얼마 후 자신에게 닥칠 불행도 모른 채 국왕을 접대하느라 정신없었던 푸케 재상과 마담 푸케 등 역사 속 인물들을 만나느라 잠깐 현실을 잊고 있었다.

마지막 셔틀버스 바로 앞 시간대에 맞춰 정거장으로 나왔다. 이곳에 올 때는 셔틀버스에 몇 명 타지 않아서 아무 생각 없이 나왔는데, 정거장에는 벌써 많은 사람들이 줄지어 있었다. 그런데 일렬로 선 줄과 상관없이 정거장 앞쪽에도 스무 명 남짓한 사람들이 무질서하게 무리지어 서있었다. 약간 망설이다 나는 무질서한 앞쪽으로 슬그머니 끼어들었다. 잠시 뒤 버스가 도착했고, 앞쪽에 서 있었던 사람들부터 차례대로 버스에 올랐다. 나는 무사히 버스 앞 칸에 자리 잡았다.

마지막으로 올라온 승객 중 몇 명은 좌석이 없어 다시 내렸다. 그런데 기사는 출발하지 않고 뒤쪽을 향해 빨리 내리라고 다그쳤다. 뒤돌아보니 인도인으로 보이는 젊은 여성 셋이 그대로 서서 가겠다고 부탁했다. 하지만 기사는 단호하게 입석은 불가하다며 하차할 것을 재촉했다. 그녀들은 계속 버티다 기사가 아예 버스 시동을 꺼 버리자 어쩔 수 없이 내렸다. 나는 그때 다른 승객들의 반응을 살폈다. 승객 중 누구도 기사의 결정에 토를 달지 않고 그의 결정을 존중했다

주말 파리로 돌아가는 국도는 많은 차량으로 붐볐다. 난 일단 역까지 가는 셔틀버스를 탄 것에 안도하며 길이 막혀도 걱정하지

않았다. 역에 도착하니 앞선 사람들이 뛰어가고 있었다. 나도 그들을 따라 힘껏 달려서 막 떠나려고 하는 교외선에 올라탔다. 열차에 앉아서 오늘 내게 일어난 모든 행운에 감사하고 있을 때였다. 열차 스피커에서 몇 차례 안내 방송이 나온 후 주위가 갑자기 소란스러워졌다. 잠시 후 열차는 어느 낯선 역에 정차하고, 승객들은 모두 내렸다.

앞선 열차의 추돌 사고로 파리행 기차 운행이 다음 날 새벽까지 중단된다고 했다. 열차를 타려면 새벽 3시까지 기다려야 하는 상황이었다. 파리와는 너무 다른 낯선 도시에서 순간 갈 길을 잃고 갑자기 막막해졌다. 어떻게 해야 할지 머릿속이 하얘지며 아무 생각도 떠오르지 않았다. 주위를 둘러보니 모두 휴대전화로 긴박한 통화를 하고 있었다. 난 마치 17세기 성에서 살다 나온 사람처럼 부러운 눈길로 그들을 바라보고 있었다. 그때 누군가 다가와서 말을 걸었다. 두 명의 중국 동포 아주머니였다. 내가 물었다.

"파리로 돌아가야 하는데 어떻게 하면 되지요?"

"파리로 직접 가는 버스 노선은 없어요. 지하철 역 근처로 가서 갈아타야 해요."

난 비로소 정신이 번쩍 들었다. 역사 안 안내판을 보니 지하철 8호선 종점까지 가는 버스가 30분 후 도착 예정이었다. 지하철 8호선을 타면 우리 집 앞까지 갈 수 있다. 묻고 물어 버스정거장이 어디인지 알아냈다. 그리고 그곳으로 다시 달렸다. 다행히 바로 역사 건너편에 있었다.

그러나 그곳도 열차를 놓치고 파리로 돌아가기 위해 버스를 기다리는 사람들로 인산인해였다. 난 다시 한 번 차분하게 생각했다. 이번 버스를 놓치면 또 한 시간 이상 기다리는 상황이 발생할수도 있는데 무슨 수를 써서라도 꼭 타야만 했다. 승차장 앞에 줄을 서서 기다리고 있는데, 저 아래쪽에서 버스가 오고 있었다. 순간 기다리던 줄이 무너지며 많은 사람들이 우르르 버스 앞으로 뛰어가기 시작했다. 나도 뒤늦게 사람들을 따라서 뛰어가려고 하는데, 조금 전 달려갔던 사람들이 다시 원래의 승차 지점으로 돌아오고 있었다. 덕분에 나는 버스 승강장 맨 첫 번째 줄에 설 수 있었다.

나는 행여 다른 사람이 새치기 할까 봐 차도와 바로 맞닿은 지점 앞에 무모하게 섰다. 그리고 속으로 기도했다. 천만다행으로 바로 내 앞에서 버스가 멈추고 문이 열렸다. 나는 재빨리 버스 안으로 올라가면서 지하철 패스 나비고를 요금기 앞에 댔다. 하지만 작동을 하지 않는다. 다시 한 번 시도하려고 하니 뒤에서 막 소리를 질렀다. 요금을 안 내도 되는 상황이니 그냥 빨리 올라가라고 핀잔을 줬다. 나의 투철한 준법정신은 이럴 땐 전혀 도움이 안 되었다.

난 출구 바로 앞쪽 자리에 앉았다. 내 뒤로 수많은 사람들이 버스에 탔다. 승객들을 바라보며 난 내가 진짜 프랑스의 어느 도시에 있는 것이 맞는지 어리둥절했다. 버스에 이렇게 많은 승객이 탄 광경은 프랑스에 온 후 처음 보았다. 승객의 9할은 흑인들이었는데, 출구 바로 앞에는 흑인 여자가 갓난아기는 등에 업고 또 다른 아이는 손을 잡고 버티고 있었다. 버스 문이 닫히지 않는 상황이었지만, 그 여자는 내릴 수 없다고 소리소리 지르고 있었다. 아비규환이란 사자성어가 저절로 떠올랐다.

중학생이던 시절 등교할 때 타고 다녔던 버스가 생각났다. 그때는 안내양이 있어서, 문을 연 채로 그대로 출발하는 일이 다반사였다. 안내양이 요령껏 승객들을 밀면, 다음 정거장에 도착하기 전에는 문을 닫을 수 있었기 때문이다. 하지만 프랑스에서는 기사가 안전 운행에 대한 모든 책임을 지기 때문에 절대 위험한 상황에서는 출발을 안 한다. 이번에도 기사는 시동을 꺼 버렸다. 난 좌불안석이었다. 동양인은 나밖에 없어 더욱 불안했다.

모두 모른 척 버티고 있었는데, 내 옆에 앉았던 40대쯤 돼 보이는 백인 남자가 자리에서 벌떡 일어나 버스에서 내렸다. 그리고 남자들 서너명이 연이어 하차한 후에야 버스는 문을 닫고 출발할 수 있었다. 나는 가슴을 쓸어내렸다. 덕분에 버스 문을 가로막았던 흑인 여자는 아이들과 함께 그대로 버스를 탈 수 있었다. 여자는 약해도 어머니는 강하다는 말이 그래서 생겼나 보다. 난 내 옆에 잠깐 앉아 있던 남자에게 마음속으로 감사 인사를 했다.

버스 안에서 바라본 어스름이 깔린 도시들은 너무 낯설어서, 내가 현재 프랑스에 있다는 사실을 잊게 해 주었다. 칠흑 같은 어둠이 내린 후 드디어 우리 집에 도착했다. 아파트 문을 열고 들어오니 천국은 바로 이곳이었다. 자리에 누우니 하루 일과가 주마등처럼 스쳐 지나갔다. 보-르-비콩트성 안에서 경험했던 모든 화려함은 덧없는 것이던가. 열차가 끊긴 도시에서 버스를 먼저 타기 위해 아등바등 함성을 질렀던 사람들은 바로 프랑스 혁명을 일으켰던 베르사유 궁전 밖 군중들이었다.

메두사호의 뗏목

"4월은 가장 잔인한 달"

고등학교 국어 시간에 뜻도 모르고 무조건 외웠던 영국 시인 T.S 엘리엇의 「황무지」의 첫 구절이다. 불행하게도 4년 전 대한민국의 4월은 바로 이 시구처럼 정말 잔인한 4월이었다. 300명 이상의 인명 피해를 낸 세월호 사고는 우리 국민 모두의 가슴에 큰 상처를 남겼다. 오랜 시간이 흐른 뒤 역사에서 세월호 재난이 어떻게 기록될지 모르겠지만 인재로 인한 재앙이었다는 사실에는 누구도 이의를 제기하지 않을 것이다.

프랑스에도 인재로 대재앙을 기록한 해상 사고가 있었다. 사망자 수에서는 세월호 재난과 비교가 안 되지만 카니발리즘(cannibalism)이라는 야만적인 행위로 당국인 프랑스뿐 아니라 그 당시 유럽 전체가 발칵 뒤집혔던 사건이다.

'식인'의 사전적인 뜻은 기근 등의 극한 상황에서, 또는 특수한 반사회적 병적인 행위로서 인간이 인간을 먹는 일이라고 정의하고 있다. 자칫 역사 속으로 묻혀 버릴 뻔한 이런 중차대한 스캔들을 그림으로 남겨서 후대의 사람들에게 그 심각성을 알리고 교훈으로 삼도록 한 예술가가 있다. 19세기 프랑스 회화에서 낭만파의 선구자로 꼽히는 테오도르 제리코(Théodore Géricault, 1791~1824)다. 33살 젊은 나이에 죽은 화가는 많은 작품을 남기지는 않았지만, 〈메두사호의 뗏목〉이라는 단 한 점의 대작으로 후대까지 엄청난 반향을 불러일으켰다.

루브르 박물관 드농관 프랑스 회화실에는 눈에 띄는 대작들이 많다. 이 그림은 가로 7m, 세로 4m가 넘는 거대한 작품으로, 작품 스케일부터 관람객을 압도한다.

그림의 전체적인 구도는 뗏목의 돛을 기점으로 두 부분으로 나뉜다. 오른편 상단에는 수평선 너머 멀리 보이는 구조선을 향해 온 힘을 다해 구조 신호를 보내는 사람들이 있어 삶에 대한 희망을 보여 주고 있다면, 왼쪽 하단에는 이미 숨을 거둔 자식을 망연자실하게 바라보는 아버지와 심한 공포와 기아로 넋을 잃은 듯 보이는 사람들이 절망을 표현하고 있다.

아는 만큼 보인다고 하지 않던가. 젊은 예술가가 이 그림을 그리게 된 과정과 시대 배경을 알고 나면, 그 처절했던 악몽의 순간들이 더욱 실감나게 다가온다. 그래서 소르본 유학원에서 공부하며 알게 된 이 그림에 얽힌 뒷이야기들을 여기에 소개한다.

1816년 6월 17일, 3척의 군함과 함께 400명의 승객을 태운 여객선 '메두사'는 아프리카 세네갈의 생루이 항구를 향해 출항했다. 정치적으로는, 1815년 워털루 전투 대패로 나폴레옹의 제1 제정이 끝나고 다시 왕정으로 복귀한 시기였다. 혁명의 혼란기에 해외로 망명했던 루이 16세의 동생 루이 18세가 돌아와 프랑스 왕위에 올랐다. 영국은 파리 조약 결과에 따라 그동안 지배권을 행사했던 세네갈을 다시 프랑스에 반환했다. 상실했던 식민지에 대한 주권을 회복하기 위해 루이 18세는 본국 사람들을 세네갈로 파견했다. 메두사호에는 신임 세네갈 통치 사령관과 함께 과학자, 군인, 식민지 개척자 등 400명의 승객이 새로운 부를 찾을 희망에 부풀어 있었다.

문제의 발단은 여객선 선장 자리에 단지 구 왕정 시대 귀족이었다는 이유로, 20년 동안 전혀 항해를 하지 않았던 드 쇼마리 자작을 임명한 인사 실책에 있었다. '선무당이 사람 잡는다'는 우리말 속담처럼 선장은 다른 배보다 앞서가려는 영웅 심리에 사로잡혀 예상 항로를 벗어났고, 결국 여객선은 출항한 지 15일째 되는 7월 2일 세네갈 해안의 모래톱에 부딪혀 좌초했다. 탑승객 전원을 단 6척의 구명보트에 나눠 태울 수는 없었다. 우선 고위관리, 귀족 순으로 233명이 구명정에 오르고 남은 147명은 급조한 뗏목에 올랐다. 그리고 얼마 지나지 않아, 선장은 구명보트와 뗏목을 연결한 밧줄을 끊고 해상 위에서 도주했다. 뗏목은 그날부터 표류하기 시작했다. 뗏목에 남겨진 비스킷과 식수는 하루 만에 동이 나고 남은 것이라고는 와인뿐이었다. 누군가는 기아, 분노, 정신착란으로 스스로 물에 뛰어들고, 술에 취한 남자들과 테러리스트간의 싸움이 일어났다.

적도를 표류한 지 닷새째인 7월 7일부터는 살기 위해 식인을 했다. 병들고 다친 사람들은 바다에 던지고, 인간의 존엄성이라고는 찾을 수 없는 약육강식의 법칙에 따라 생과 사가 갈리게 되었다. 표류한 지 일주일째인 7월 9일에는 이미 110여 명이 죽고 뗏목에는 30명 정도가 남아 있었다. 모든 희망을 잃고 표류하던 메두사 호가 극적으로 구출된 것은 표류한 지 15일째 되는 7월 17일이었다. 한 달 전 프랑스 항구에서 함께 출발했던 군함 아거스호가 생존자들을 발견한 것이다.

구조 당시 뗏목에 남아 있던 생존자는 15명이었다. 그리고 구조된 지 얼마 지나지 않아 5명이 또 사망했다. 최후까지 남은 생존자는 10명으로, 무려 137명이 처참한 사고의 희생자가 된 것이다. 구명보트는 모두 세네갈에 무사히 도착했고, 선장은 본국으로 돌아와 상부에 일반적인 해상 사고로 축소해서 보고했다. 막 왕정으로 다시 복귀한 새 정부도 부담을 떠안고 싶지 않아 그대로 사건을 은폐해 버렸다.

그러나 진실은 밝혀지기 마련이다. 전대미문의 사건은 난파선에서 생존해 돌아온 두 사람에 의해 밝혀졌다. 측량 기사인 코레아드(Correard)와 외과 의사 세비니(Savigny)는 악몽 같았던 경험에서 돌아온 다음 해인 1817년, 신문에 글을 써서 발표했다. 이 사건은 사회 전체에 큰 파장을 일으켰다.

그때 살롱에 출품할 작품 주제를 고민하던 제리코도 이 놀라운 신문 기사를 접했다. 틀림없이 대중의 관심을 끌 것이라는 계산으로, 젊은 화가는 이 참혹한 이야기를 살롱 출품작 주제로 선택하는 모험을 한다.

화가는 대작을 그리기 위해 앞서 수많은 스케치를 그렸다. 그림의 정확한 묘사를 위해 생존자 중 두 명과 접촉했고, 목수를 시켜 뗏목도 실물 그대로 만들게 했다. 그리고 더욱 사실적이고 생생한 그림을 그리기 위해 아틀리에도 영안실이 있는 병원 근처로 옮겼다. 실제로 죽은 사람의 피부색과 눈을 관찰하기 위해 수시로 영안실로 가서 주검을 관찰했다. 그리고 최종적으로 살롱에 출품할 그림은 악몽의 순간을 그리기보다는, 절망적인 상황에서도 한 줄기 희망의 빛이 비치는 순간을 포착하기로 결심한다. 그래서 그의 그림은 뗏목이 표류하다 수평선 너머로 구조선이 보이는 바로 그 순간을 포커스로 잡았다. 2년에 걸친 힘든 작업을 끝낸 1819년, 제리코는 그림을 파리 살롱전에 출품했다.

새 왕정 정부의 치부인 불편한 이슈를 가감 없이 적나라하게 묘사한 제리코의 작품은 찬반이 나뉘며 거센 논쟁을 불러왔다. 젊은 화가의 작품은 조국 프랑스에서는 논란을 불러왔지만, 다음 해 출품한 런던 전시회에서는 이 한 점의 그림이 엄청난 주목을 받으며 전 유럽에서도 명성을 얻게 됐다. 런던 체류 시기에 제리코는 성공한 화가로 명예는 얻었지만, 원래 좋지 않았던 폐에 무리가 가서 33세라는 아까운 나이에 생을 마감했다.

제리코가 사망한 후 루브르 박물관은 이 작품을 구입했다. 자칫 역사에서 잊힐 뻔한 중차대한 사건을 그림으로 남긴 젊은 화가의 의지를 높이 평가했기 때문이다. 루브르 박물관 프랑스 회화실에서 한 자리를 차지하고 있는 〈메두사호의 뗏목〉은 지금도 프랑스 낭만주의 최고의 작품 중 하나로 찬사받고 있다.

천재의 마지막 거주지 클로 뤼세

루아르 지방 앙브와즈 시 중심에 위치한 클로 뤼세는 성이라기보다는 저택이라는 명칭이 더 잘 어울린다. 1490년 프랑스 왕실에서 매입한 중세 고성은 샤를 8세가 왕비 안 드 브르타뉴의 여름별장으로 개조하면서 칙칙하고 어두운 중세 이미지를 벗고 르네상스스타일의 쾌적한 성으로 거듭났다. 이곳이 르네상스를 대표하는 가장 위대한 예술가일 뿐만 아니라 지구상에 생존했던 가장 경이로운 천재 중 한 명으로 일컬어지는 레오나르도 다빈치가 마지막 숨을 거둔 곳이다.

1516년 프랑수아 1세는 이미 나이가 64세나 된 거장을 이탈리아에서 초빙해 이곳에 거처를 마련해 주고, 자신은 바로 맞은편 성 앙브와즈에 머물렀다. 천재 예술가는 3년을 이 성에서 보내고 1519년 5월 3일 프랑스 왕의 팔에 안겨 삶을 마감했다. 거장의 유해가 안치된 곳이 고향 이탈리아 피렌체가 아닌 프랑스 루아르 앙브와즈성의 생위베르 예배당이고, 또 다빈치 최고의 걸작품 〈모나리자〉가 고향의 우피치 미술관이 아닌 프랑스 루브르 박물관에 전시돼 있는 연유는 그의 마지막 삶의 터전이 프랑스 고성 클로 뤼세였기 때문이다.

이 성은 천재의 자취를 보존키 위해, 1862년 프랑스 내에서 역사적인 건물로 분류됐고, 2000년 유네스코 세계문화유산으로 지정됐다.

입구에서 처음 만난 클로 뤼세는 붉은 벽돌과 백토로 쌓아 올린

벽이 아름다운 단아한 저택이었다. 붉은색과 흰색이 잘 어우러진 3층 높이의 저택은 중세 성처럼 위압감을 주지 않아 마음이 편했다. 내부는 거장 예술가가 살았던 시대를 재현해 놓아 방문객들은 그 당시 다빈치가 살았던 방과 작업실을 그대로 볼 수 있다.

침실엔 다빈치가 마지막 숨을 거둔 침대가 놓여 있었다. 프랑수아 1세와 레오나르도는 40년의 나이 차에도 불구하고 때로는 친구처럼 또는 부자지간처럼 다정하게 지냈다. 실제로 프랑스 국왕은 신하들 앞에서 노예술가를 '나의 아버지(mon père)'라는 호칭으로 불렀다. 그리고 레오나르도 다빈치가 프랑수아 1세의 품에 안겨서 마지막 숨을 거뒀다는 일화는 신화처럼 전해지고 있다.

두 사람의 끈끈한 관계는 저택의 지하 통로 계단에도 흔적이 남아 있다. 위대한 예술가이며 과학자인 레오나르도와 대화를 즐겼던 왕은 이곳에서 불과 500m 거리에 있는 앙브와즈성에 거처를 정하고 두 성을 지하 통로로 연결해서 생각날 때마다 거장을 만나러 왔다. 지하 통로 계단은 레오나르도의 아틀리에로 통해 있다. 왕이 오는 발소리가 들리면 하던 일을 멈추고 프랑수아 1세를 맞이하러 걸음을 재촉했을 천재의 모습을 상상하는 것은 어렵지 않았다.

프랑수아 1세가 명명한 첫 왕실 화가이며 건축가이자 기술자, 발명가, 과학자, 수학자, 해부학자 등등 그는 모든 분야에 관심을 가진 멀티 플레이어였다. 그의 이런 천재적인 재능은 지하에 마련된 전시 공간에서 그 진가를 확인할 수 있다. 레오나르도 다빈치가 남겨 놓은 설계도를 참고로 프랑스 IBM사가 1960대 초에 만든 40여 점의 모형 제작물들이 그곳에 전시돼 있었다. 다방면에서 두각을 나타낸 레오나르도를 가리켜 영국의 대표적인 역사저술가인 폴 존슨은 '산만한 박학자의 전형'이라는 말로 표현했다. 한편으로는 공감이 가는 표현이다.

밖으로 나오자 잘 가꾸어진 아담한 정원이 보였다. 사람 키의 2배를 훌쩍 넘는 길이의 커다란 나무는 정원사의 손이 많이 간 듯 관리가 잘되어 있었다. 정원 곳곳에 놓여 있는 다빈치의 발명품을 보고 있으니 마치 야외 과학전시회에 온 느낌이었다. 정원을 뒤로 돌아 물레방아가 있는 작은 다리를 건너자 기획전이 열리고 있는 또 다른 전시 공간이 나왔다.

궁금증을 참지 못해 안으로 들어가니 별도의 입장료를 지불해야 하는 다빈치 기획전이 열리고 있었다. 훤히 트인 공간이라 입구 앞에서 잠깐 훑어보기만 했지만 전시 공간은 무척 흥미로웠다. 정면에서 마주 보이는 벽면에 〈최후의 만찬〉 그림을 배경으로 꼭대기에는 글라이더 비슷한 기구에 사람이 타고 있는 모형이 금방이라도 하늘을 날아오를 듯 천장에 매달려 있었다. 이는 다빈치가 남긴 스케치를 토대로 만든 모형이었다. 라이트 형제가 세계 최초로 비행기로 하늘을 난 것이 20세기 초반이니, 천재 다빈치는 그보다 400년을 앞서서 인간이 하늘을 나는 꿈을 스케치로 남겨 놓은 것이다.

노령의 예술가가 프랑스에 와서 살았던 기간은 불과 3년 남짓이었다. 그 기간 동안 천재는 프랑수아 1세의 초상화 한 장 남기지 못했다. 하지만 다빈치는 자신의 생을 이곳에서 마감하게 될 것을 예감했는지, 프랑스에 올 때 미완성으로 남아 있던 자신의 걸작들을 모두 짐 보따리에 실어 왔다. 지금 현재 루브르 박물관에 전시된 〈모나리자〉, 〈성 요한〉, 〈암굴의 모자상〉이 프랑스에 남아 있는 이유다. 결국 레오나르도 다빈치는 죽는 순간까지 자신의 천재성을 인정해 주고 무한한 신뢰를 보내 준 후원자에게 그가 줄 수 있었던 최고의 선물로 보답을 한 셈이다.

바스티유에서 본 첫 오페라

처음이라는 뜻을 가진 '첫'이 들어가는 단어들은 모두 미지의 세계에 대한 설렘을 간직하고 있다. 그래서 쉽게 잊히지 않는다. 첫눈, 첫사랑, 첫 만남… 내가 바스티유에서 처음 봤던 오페라를 쉽게 잊지 못하는 것도 바로 이런 첫 번째라는 어감이 주는 특별한 기억 때문이다.

그때 도전했던 오페라가 프랑스 상징주의 음악가 클로드 드뷔시의 유일한 오페라 〈펠레아스와 멜리장드〉였다.

서양의 유명한 사랑 이야기는 모두 비극으로 끝을 맺는다. 그리스 신화인 '오르페우스와 에우리디케'부터 중세의 구전 설화 '트리스탄과 이졸데' 그리고 셰익스피어의 '로미오와 줄리엣'까지, 모두 이루어질 수 없었기에 더 아름답고 극적인 스토리들이다. 남녀 간의 사랑을 주제로 한 대다수 오페라도 거의 비극으로 끝을 맺는다. 드뷔시의 유일한 오페라도 마찬가지다.

젊은 시절 독일을 방문했던 드뷔시는 바이로이트 극장에서 바그너의 오페라를 관람할 기회가 있었다. 기존의 이탈리아 오페라 형식에 익숙했던 청중들에게 바그너의 낯선 오페라는 일종의 문화적 충격이었다. 독일 오페라의 새로운 형식에 자극받은 드뷔시는 파리로 돌아와 언젠가는 자신만의 특별한 프랑스 오페라를 작곡하겠다는 열망에 사로잡혔다.

그 후 드뷔시는 동화극 〈파랑새〉의 작가 모리스 메테를링크의 연극 공연에서 깊은 영감을 받고, 오페라 〈펠레아스와 멜리장드〉

의 작곡을 시작했다. 〈펠레아스와 멜리장드〉는 중세 유럽의 구전 설화인 '트리스탄과 이졸데'에서 모티프를 딴, 이루지 못한 남녀 간의 슬픈 사랑 이야기를 연극으로 만든 작품이었다. 이 희곡은 드뷔시가 간절하게 찾아 헤맸던 바로 그의 '파랑새'였다.

하지만 오페라 작곡 과정은 순탄치 않았다. 1893년에 시작했던 오페라 작곡은 거의 10년이란 세월이 지나서야 1902년 4월 30일, 파리 오페라코믹 극장에서 초연됐다. 드뷔시는 자신의 작품에 기존의 '오페라'라는 명칭을 거부하고 '서정극'이라는 좀 생소한 이름을 붙였다. 실제로 드뷔시의 유일한 오페라인 〈펠레아스와 멜리장드〉에는 평소 우리가 알고 있던 아리아나 레치타티보는 한 곡도 없다.

바스티유 오페라 극장은 1789년 7월 14일 성난 민중들이 절대 왕정에 반기를 들고, 바스티유 감옥을 탈취한 프랑스 혁명이 일어났던 바로 그 역사의 현장에 세워졌다. 프랑수아 미테랑 대통령의 야심찬 문화 프로젝트의 주요 사업으로 프랑스 혁명 200주년이 되던 1989년 7월 13일에 문을 열었다. 귀족적인 이미지의 오페라 가르니에와 달리 파리 시민들이 쉽게 오페라를 접할 수 있도록 눈높이를 대중적으로 낮춘 극장은 개관 초기에는 냉소적인 눈초리를 받았지만, 지금은 파리에서 가장 많은 오페라를 무대에 올리는 성공적인 극장으로 자리매김했다.

처음 들어가 본 바스티유 극장 내부는 외관만큼이나 모던했고,

2,700석이 넘는 큰 규모에 비해 분위기는 아늑했다. 높은 천장 덕분에 탁 트인 시원함이 실내를 더욱 넓어 보이게 했고, 통유리로 내려다보는 바깥 풍경이 단절감 없이 먼 곳까지 연결되는 느낌이 들어 좋았다. 특히 일정한 좌석 수에 따라 출입구를 세분화해 한꺼번에 많은 사람들이 같은 출입문으로 몰리는 불편함을 최소화했다. 발코니 형태로 설계된 객석은 어느 좌석에서도 무대가 가리지 않아, 모든 관람객들은 극이 진행되는 동안 객석에서 편한 자세로 무대에 몰입할 수 있다는 것이 바스티유 극장의 장점이다. 그리고 보통 4면 구조로 돼 있는 일반 오페라 극장과 달리 바스티유는 6면 구조를 가지고 있는 덕분에 매일 다른 공연을 무대에 올리는 것이 가능한, 세계에서 몇 손가락 안에 꼽히는 오페라 극장 중 하나이기도 하다.

〈펠레아스와 멜리장드〉는 1막 도입부부터 몽환적인 분위기를 띠었다. 프랑스 작곡가인 드뷔시의 오페라는 내가 지금까지 많이 접했던 이탈리아 오페라와는 사뭇 달랐다. '아, 이런 오페라도 있구나' 하는 생각이 들 정도로 신선했다. 어쨌든 기존의 이탈리아 오페라나 바그너로 대표되는 독일 오페라와도 구별되는 드뷔시만의 독특한 오페라 기법을 담고 있었다.

이 오페라의 특징은 아리아가 전혀 없고, 마치 서사시를 읊듯이 낭음조로 오페라가 진행된다는 것이다. 상징성이 짙은 오페라라서 처음엔 좀 낯설었지만, 극이 진행되면서 나도 모르게 점점 서

정적인 드뷔시 음악의 아름다움과 환상적이며 몽환적인 무대 배경에 빠져들었다. 정확한 연도를 알 수 없는 어느 중세 시대가 배경인 극은 현실과 비현실의 경계를 넘나들며 이루어질 수 없는 연인들의 슬픈 사랑 이야기를 풀어내고 있었다.

사냥을 하다 길을 잃은 펠레아스의 이복형 골로가 우물가에서 울고 있는 멜리장드를 만나는 장면으로 극이 시작된다. 그리고 골로는 멜리장드를 자신의 성으로 데리고 와서 신부로 맞이할 준비를 한다. 하지만, 펠레아스를 만나고 난 뒤 멜리장드는 마음이 흔들린다. 두 사람을 떼어 놓기 위해 이복형 골로는 멜리장드를 높은 탑에 가둬 둔다. 펠레아스는 사랑을 고백하기 위해 탑에 갇힌 멜리장드를 찾아간다.

탑 밑에서 펠레아스를 발견한 멜리장드는 자신의 키보다 더 긴 머리카락을 밑으로 내려뜨린다. 펠레아스는 마치 사랑하는 연인을 만난 듯 그녀의 머리카락을 열정적으로 애무한다. 만날 수 없는 연인을 향해 높은 곳에서 아래로 머리카락을 떨어뜨리는 설정은 정말 인상적이었다. 비극으로 끝나는 거의 모든 오페라가 그렇듯, 펠레아스와 멜리장드의 관계를 의심한 이복형 골로에게 펠레아스는 죽임을 당하고, 멜리장드도 마음의 병으로 죽는다. 죽어 가는 멜리장드에게 골로는 묻는다. 동생을 사랑했는지. 멜리장드의 죽음으로 오페라는 끝을 맺는다.

베르디나 푸치니 또는 같은 프랑스 사람인 비제의 오페라와도 전혀 다른 드뷔시의 유일한 오페라는 상징적인 장치들이 많아서 미리 예습을 하지 않으면 이해하기가 쉽지 않다. 상징주의를 추구한 그의 오페라는 연극과 오페라를 섞어 놓은 것처럼 참 독특했다. 그리고 무대 연출도 신비로운 분위기의 음악에 맞게 환상적인 분위기를 잘 연출했다. 하지만 처음 오페라의 세계를 탐험하는 초보자에게는 권하고 싶지 않은 작품이었다. 그래도 미리 예습해 간 덕분에 나도 지루하지 않게 끝까지 극의 흐름을 따라가며 재미있게 볼 수 있었다.

파리에서는 만나기 힘든 친절함을 바스티유에서 경험한 것도 큰 감동이었다. 모니터에 영어 자막과 함께 프랑스어 자막까지 보기 좋게 나란히 띄워 주었다. 그리고 30분이라는 넉넉한 인터미션 시간 동안 우아하게 샴페인 한 잔을 마실 수 있는 여유도 빼놓을 수 없는 재미다.

혁명이 일어나기 전 절대왕정 시대에는 평민들은 감히 생각도 못했던 귀족의 전유물이었던 예술 오페라를 이제는 음악을 사랑하는 사람은 누구나 즐길 수 있다는 것이 얼마나 큰 행복인가. 바스티유를 탈취한 민중들의 성난 함성이 세계 곳곳으로 퍼졌고, 그로부터 2세기를 지나 누구나 예술을 즐길 수 있는 평등한 세상이 되어 이 바스티유에서 오페라를 즐길 수 있다는 사실이 새삼스럽게 다가왔다.

나 혼자만의 즐거움

나는 평소 꽤 쿨한 엄마라고 자신하는 편이었다. 딸 없이 아들만 자식으로 둔 엄마들의 한탄과 푸념을 들을 때면 내심 나는 다르다고 생각하기도 했다. 그런 내가 아주 사소한 일로 막내아들과 언짢은 말다툼을 벌였던 적이 있다.

2주 전 유럽으로 출장을 떠난 아들이 돌아오는 날이었다. 오후 늦은 시각 도착이니 오랜만에 단란하게 세 식구 같이 저녁이라도 먹었으면 좋겠는데, 짐만 풀고 다시 나갈 것이 분명하니 크게 기대는 안 하고 있었다. 다른 때 같으면 먼저 카톡을 보내 잘 도착했는지 묻고 수고했다고 격려해 주곤 했는데, 그날은 왠지 아들이 먼저 연락하기를 기다렸다. 도착 후 몇 시간이 지난 후에야 잘 도착했다는 메시지를 받았다. 여자 친구에게 가장 먼저 전화하는 것은 이해하지만 회사 동료들에게도 두루두루 인사를 하고 맨 마지막에 연락을 했다는 걸 알았을 땐 무척 서운했다. 몰랐으면 오히려 마음이 편했을 텐데 알고 나니 더 섭섭했다.

하지만 본격적으로 서운함이 폭발한 것은 아들이 내가 부탁한 선물은 잊어버리고, 직장 동료가 생일 선물로 부탁한 화장품만 사온 것을 알고 나서였다. 사실 아들에게 부탁한 선물은 여기서도 백화점에 가면 얼마든지 살 수 있는 것이었다. 해외여행을 다녀오면 친구들 선물은 꼭 챙기면서 엄마 선물은 생각도 안 하는 막내아들을 길들이기 위해서라도 꼭 브랜드 명까지 정확하게 내가 원하는 선물을 미리 얘기하곤 했다. 더구나 공항면세점 선물카드까지 주면서 일부러 부탁했는데… 남편은 원래 남의 편이니 포기했지만, 막내아들까지 내가 싫어하는 점만 점점 남편을 꼭 닮아 가는 것이 얄미웠다. 모자 사이에 쓸데없는 논쟁이 오갔다.

"넌 어쩜 그렇게 갈수록 나쁜 점만 네 아빠를 닮아 가니."

"그럼 내가 아빠 아들인데, 아빠 안 닮고 누굴 닮겠어!"

그날 저녁 집안 분위기는 싸늘했다. 난 방에 들어와 불을 꺼 버리고 누웠지만 쉽게 잠들지 못했다. 막내아들이 2주 동안 놀러 간 것도 아니고 회사 일로 출장을 갔다 돌아왔는데, 고생했다고 치하해 주지는 못할망정 내가 너무했나 후회도 되면서 오만 가지 상념이 오갔다. 내 마음을 어떻게 의연하게 달래야 하나 생각하다 파리에서 유학할 때 방문했던 중세미술관에서 봤던 〈유니콘과 귀부인〉 타피스리가 떠올랐다.

파리 지하철 10호선을 타고 소르본-클뤼니역에 내리면 처음엔 아름다운 천장 장식에 놀라게 되고, 역사 밖으로 나오면 또 한 번 놀라게 된다. 바로 도시 한복판에 그대로 남아 있는 로마 시대 폐허인 공중목욕탕 터 때문이다. 나폴레옹 3세의 지시로 파리 도시 정비 계획을 지휘한 오스만 남작은 이곳의 문화적인 가치를 알아보고 정원이 있던 자리만 정비했고, 덕분에 욕탕 터는 그대로 보존됐다. 그리고 다시 정원까지 원형대로 복원되며, 한층 운치 있는 로마 시대 유물로 남게 되었다.

그 길을 따라 걷다 왼쪽으로 돌면 중세박물관이 자리한 클뤼니 저택이 나온다. 지하로 내려가면 나오는 첫 번째 전시장이 바로 조금 전 지나왔던 로마 제국 시대 공중목욕탕 자리다. 높은 천장의 트인 공간으로 하늘과 맞닿아 있는 듯해, 전시장이 지하에 위치해 있다는 생각이 전혀 들지 않는다. 지하 전시장에서 나오면 다른 건물로 연결되는 지상 전시장이다.

이 건물 2층에는 중세박물관에서 가장 유명한 6개의 연작 양탄자 벽걸이 〈유니콘과 귀부인〉이 전시된 독립전시실이 나온다. 이 벽걸이 양탄자의 존재는 쇼팽의 연인 조르주 상드가 부삭(Boussac)성에 남아 있던 것을 자신의 소설에 등장시키면서 대중에게 알려지기 시작했다. 상드는 책에서 8장의 양탄자 이야기를 했지만, 지금 현재 남아 있는 양탄자는 모두 6점으로 중세박물관에서 가장 귀한 대접을 받고 있는 작품이다.

타피스리 전시관에 들어가면 타임머신을 타고 중세로 돌아간 듯한 착각에 빠져든다. 가로세로 길이가 모두 3m가 넘는 여섯 장의 양탄자가 6각형 방을 가득 채우고 있어, 마치 아라비안나이트의 세헤라자데가 목숨을 부지하기 위해 끊임없이 이야기를 만들어 가는 것처럼, 양탄자 속의 귀부인이 자꾸 내게 말을 걸어온다. 주로 붉은색과 푸른색 2가지 색상으로 수놓인 그림 속 이야기에는 유니콘이라 불리는 머리 가운데 뿔이 하나 달린 전설 속의 일각수 동물이 사자와 함께 6개 양탄자 그림에 모두 등장하고 있다.

각 양탄자는 촉각, 미각, 후각, 청각, 시각 등 오감을 나타내는 콘셉트로 현대에서는 보기 힘든 희귀한 동물과 새들이 등장하며, 나머지 마지막 양탄자는 〈나 혼자만의 즐거움〉이라는 좀 독특한 제목을 가졌다. 양탄자 6장이 이렇게 귀한 대접을 받는 것은 16세기 당시 귀족의 일상을 세세히 묘사하여 역사를 고증하는 데 중요한 가치가 인정되었기 때문이다.

역사적인 기원은 독일 전설에 영감을 받은 어느 귀족의 의뢰로 1484~1515년 사이에 플랑드르 지방에서 제작된 것으로 추정된다. 1992년에야 이런 역사적인 의의가 재조명되면서 가치가 격상되었고, 현재의 독립전시실에 전시됐다. 2011년 시작된 대대적인 복원 작업은 2년 후인 2013년 마무리되면서 지금의 평행 육면체 방에 전시됐다.

여섯 점의 벽걸이 양탄자 중 〈나 혼자만의 즐거움〉이라는 제목을 가진 타피스리가 가장 내 마음에 깊은 인상을 남겼다. 그 이유는 무엇보다도 제목에서 '즐거움'을 꾸며 주는 '나 혼자만의' 이라는 형용구가 풍기는 멋진 뉘앙스 때문이었다. 아무리 가까운 사이일지라도 함께 나눌 수 없는, 절대적으로 나 혼자서 해야 하는 멋진 놀이라는 의미가 매력적으로 다가왔다. 물질적으로는 더할 나위 없이 풍요롭지만, 그것만으로는 다 해결되지 않는 복잡한 인간 내면의 갈등이 귀부인에게도 존재했을 것이다. 그녀에게도 마음의 평정을 찾을 수 있는 혼자만의 즐거운 놀이가 필요했던 게 아닐까.

나도 유니콘 귀부인처럼 가족들의 일거수일투족에 연연해하지 않고 나 혼자만의 즐거움을 찾기 위해 오늘도 아파트 도서관 나들이를 하고 있다. 나도 내 마음을 잘 다스리기 위해 '나 혼자만의 즐거움'을 만끽 할 수 있도록 해야겠다.

에필로그

몇 해 전 한 월간잡지사에서 주관한 인문학 강좌를 수강했던 적이 있었다. 현재도 왕성하게 방송 활동을 하시는 문화평론가 김갑수 선생의 강의 시간이었다. 그날의 강의는 '나'를 주제로 각자가 자신에 대해 갖고 있는 생각을 시로 표현해 보는 시간으로 할애됐다. 그때까지 단 한 줄의 시도 써 보지 않았던 나는 무척 당혹스러웠다. 더구나 '나'를 소재로 시작을 한다는 시도 자체가 무척 부담스러웠다.

주어진 30분이란 시간 동안 나와 함께 강의를 수강했던 사람들은 모두 평소에 자신에 대한 깊은 성찰을 했던 것처럼, 강사님의 말씀이 떨어지기 무섭게 글을 쓰기 시작했다. 난 갑자기 머릿속이 하얘지며 무슨 이야기로 서두를 떼어야 할지 도무지 생각이 떠오르지 않았다. 스스로를 잘 알고 있다는 착각으로 내 심연의 목소리에 전혀 귀 기울이지 않았던 나는 자신에 대해 알고 있는 것이 거의 없다는 사실을 그때 비로소 깨달았다.

'나는 누구인가'라는 의문이 계속 머릿속에서만 맴돌 뿐 어떻게 글로 써야 할지 고심하고 있는 사이 30분이란 시간이 흘러갔다. 수강생들은 누구 하나 빠짐없이 자신이 지은 시를 제출했다. 그리고 그 시를 각자가 낭송하는 시간으로 나머지 수업이 이어졌다. 주관사인 '행복이 가득한 집' 이영혜 대표님의 자작시 낭송을 마지막으로 수업이 끝났을 때 강사님이 내게 무심코 던진 한마디는 나를 몹시 부끄럽게 만들었다.

"언니의 명성에 누가 될까 시를 안 썼나요?"

몇 년 전 이사하면서 그동안 모아 두었던 LP판을 버리기 아까워 큰언니에게 상의했던 적이 있었다. 소설가인 언니는 김갑수 선생이 음악을 좋아해서 레코드판을 많이 갖고 있으니 선생에게 주면 좋아할 것이라 해서 잠깐 만났던 적이 있었다. 그때 일을 선생은 기억하지 못하는 듯했지만 나는 그 옛 인연이 반갑게 떠올라 수업 전에 먼저 다가가 인사를 드렸었다. 그랬더니 나를 기억하고 언니 이야기를 꺼냈던 것이다.

'나'에 대한 성찰을 고민했던 것은 바로 그 사건 이후였던 것 같다. 어렸을 때부터 글쓰기에 두각을 나타냈던 두 언니들의 문학적 재능은 어느 한 가지 특출한 재능이 없었던 나를 지금까지도 콤플렉스에서 헤어나지 못하게 만들었다. 그런 연유에서인지 나는 언젠가부터 글을 쓰는 일은 언니들처럼 타고난 재능이 있어야만 가능한 일이라고 마음속으로 단정 짓게 되었다. 그래서 내가 글을 쓸 수 있다는 사실 자체를 불가능한 일로 생각해 왔다.

나도 내 이야기를 글로 써 보고 싶다는 바람을 가지게 된 것은 오래전부터 꿈꾸었던 내 버킷리스트의 첫 번째 소원을 이루고 난 후였다. 내성적인 성격인 나는 좀처럼 내 마음에 담아 둔 이야기를 쉽게 다른 사람에게 털어놓지 못했다. 특히 마음속에 품은 꿈들은 마치 소중한 보물처럼 나 혼자 몰래 간직하고 있어야 한다는 생각이 컸기 때문에, 누구에게도 쉽게 마음을 열지 않았다.

어느 날 나는 남편과 대화하면서 우리 둘이 한국어라는 같은 언어를 사용하지만, 서로를 이해하지 못하고 있다는 것을 문득 깨달았다. 앞만 보고 열심히 달려왔던 우리 삶에 새로운 모멘텀이 필요하다고 절실히 느꼈던 순간이었다. 그리고 그 방법으로 선택했던 것이 나의 버킷리스트 1번에 적어 놓았던 프랑스 유학이었다. 여러 가지 우여곡절이 있었지만, 유학이라는 큰 결정을 하고 나니 그다음에 따라오는 작은 결정들은 큰 문제가 될 것이 없었다.

1년 남짓한 파리에서의 유학 생활을 끝내고 다시 예전의 일상으로 돌아온 지 벌써 몇 해가 지났다. 그리고 차분하게 내 자신을 돌아보며, 유학 떠나기 전과 돌아온 후의 가장 큰 내 마음속 변화가 무엇일까 헤아려 보니 첫 번째가 '자신감'이었다. 유학을 떠나기 전 난 내 자신에 대해서 불만이 많았다. 내가 잘 할 수 있는 것을 찾아 스스로를 격려해 주기보다는 주위의 다른 사람들과 비교하며 나를 못마땅해했다.

하지만 지금은 알고 있다. 내가 가장 잘할 수 있는 것이 무엇인지 또 내가 앞으로 하고 싶은 일이 무엇인지. 그리고 내가 체험했던 이런 멋진 경험들을 과거의 나처럼 자신이 누구인지 모르고 방황하는 독자들에게 들려주고 싶었다. 그리고 그들도 나처럼 이런 '깨달음'의 시간을 거쳐 행복을 만끽할 수 있었으면 하는 바람에서 책을 내게 됐다. 처음에는 어떻게 써야 할지 막막했지만, 동화작가인 작은언니에게 자문을 구해서 무조건 쓰기 시작했다. 돌이켜 보면 글을 쓰는 동안 무척 힘들었지만, 내 생애에서 가장 보람되고 행복했던 소중한 시간이었다.

마지막으로 지면을 통해 많은 분들께 감사드리고 싶다. 우선 글 쓰는 처음부터 끝까지 함께해 준, 동화작가 언니에게 감사드리고, 처음으로 책을 내는 작가를 믿고 출판을 허락해 준 푸른책들의 신형건 사장님께 감사의 말을 전하고 또 아직 다듬어지지 않은 내 글을 인내심을 갖고 읽어 주고 멋진 책으로 만들어 준 이주은 대리에게 감사드린다.

그리고 무엇보다 이런 모든 것을 가능하게 해 준 남편에게도 고마움을 전하고, 항상 내 인생의 등불이 돼 주었던 언니들에게도 지면을 통해 다시 고마움을 전한다. 그리고 마지막으로 이 세상에서 가장 큰 선물인 내 멋진 두 아들들을 훌륭하게 잘 키워 주셨던, 지금은 하늘나라에 계신 우리 엄마에게 이 책을 바친다.

추천의 글

인생은 크고 작은 갈림길의 연속이다. 먼 훗날 되돌아보면 바로 그때, 지금의 운명이라는 외투가 만들어졌단 걸 깨닫고 사뭇 놀라게 된다. 이런 갈림길에서 내리는 결정들은 물론 심사숙고하여 정하기도 하지만, 많은 경우 무의식에 의해서 깊은 생각 없이 쉽사리 택해지기도 한다. 어떤 선택이 더 잘했다고 장담할 수 없는 것이 인생이지만, 할 수만 있다면 깊은 성찰을 하고 택하는 것이 좋으리라 생각된다. 적어도 나의 의지적 판단에 의한 용기 있는 결정이라면 후회는 적을 테니까.

여행을, 그것도 짧은 여행이 아니라 1년 이상 삶의 터전을 옮겨 가는 긴 여행을 간다는 것은 큰 갈림길이고, 그것에는 새로운 운명을 형성케 하는 확실한 요소들이 들어 있다. 거기에는 타문화에 대한 문화적 충격도 있을 것이고, 새로운 경험과 사색으로 인하여 그동안 지녔던 인생관이 변화하는 일도 있을 것이다.

여기 강인순 님의 여행서 『파리, 혼자서』를 보면, 여행을 준비할 때부터 저자의 깊은 숙고가 있었음을 느낄 수 있다. 무엇인가 가슴속에 분수처럼 솟구치는 것들, 치열하게 열심히 살아온 사람에게 요구되는 휴식과 기존의 삶에서 이탈하여 또 다른 인생길을 들여다보길 원하는 내밀한 욕구가 그것이다. 1년 동안의 프랑스 여행, 중년의 주부가 떠나고자 하는 결정을 내린 뒤에는 두려움도 걱정거리도 많았을 것이다. 아마도 이런 망설임을 떨치고 용단을 내리는 데에는 가족들의 동의와 격려가 있었을 것이다. 본인의 용기도 그렇지만 흔쾌히 후원하고 믿어 준 남편과 자녀들도 대단하다는 생각이 든다.

이 책은 흔한 여행안내서가 아니다. 맛집이나 가 볼 만한 곳을 소개하는 그런 가이드북도 아니다. 이 책은 그동안 삶을 충실히 살아온 사람들을 위한, 보다 내적인 충만을 위한 '여행 힐링서'라고 할 수 있겠다. 이 책을 통하여 작가의 내밀한 욕구를 들여다볼 수 있으며, 오랫동안 품어 온 바람을 실현시키는 과정을 볼 수 있다. 예를 들면 여고 시절부터 탐닉했던 작가 카뮈를 더 알고자 프로방스 지역의 루르마랭을 찾아가는 저자의 여정은 독자들에게 "나도 한번 그렇게 가고 싶다."는 대리 만족을 주기에 충분하다. 아마도 이 책의 독자들도 책을 읽어 가다 보면 저자의 발걸음을 따라 함께 공감할 수 있으리라.

이제 저자는 긴 여행을 마치고, 그것을 여러 사람과 공유하고자 이 책을 발간한다. 자칫 자신만의 경험이나 체험으로 멈출 수 있는 것을 책이라는 매체를 통해 비슷한 소망을 가진 사람들과 나누기를 바라고 있다. 이것 역시 큰 용기가 필요하고, 이 용기 있는 작업은 많은 사람들에게 전달되어 신선한 자극을 주게 될 것이다. 나는 이 책을 읽는 미지의 어떤 독자에게는 그것의 파장이 대단히 크리라 생각한다. 인생은 갈림길에서 매순간 이런 용기 있는 결단에 의해 새로운 희망의 싹이 발아되는 것을 보게 된다. 강인순 님, 여행 그리고 이 책의 출간을 축하합니다.

－고영수(전 대한출판문화협회 회장)

내면이 없는 사람은 글을 쓰지 못하니 글을 보면 그 사람의 내면을 알 수 있다. 평생 언니였음에도 동생의 프랑스 유학 기록을 묶은 첫 수필집을 보고서야 비로소 그의 내면을 알게 됐다. 인순이 2014년 여름에 일종의 안식년으로 1년간 파리에서 프랑스어를 다시 공부한다는 말을 들었을 때 약간 놀라면서도 그럴 만하다고 생각했다. 30년간 부부가 열심히 일하며 두 아들을 늠름하게 키웠고 회사도 정상에 올려놓았으니 말이다.

인순의 글은 내가 상상한 것보다 좋았다. 무엇보다 '강인순'이라는 한 인간을 그의 글로서 모자이크 할 수 있었다. 동생의 수필집을 보고 가장 반가웠던 것은 무엇보다 지식욕이다. "새로운 것을 알아 간다는 즐거움은 나이와는 전혀 상관이 없다."고 말하고, 일반인을 대상으로 하는 마르셀 프루스트의 『잃어버린 시간을 찾아서』 강좌를 듣곤 "번역본 전집 읽기를 끝낸 후 원서 읽기에 도전해 보기로" 마음먹는다. 이런 글을 읽으면서 지식욕이 세 자매의 공통점인 것을 알게 됐다.

또 하나 발견한 공통점은 미각에 대한 것이다. 이 수필집 속에 와인 기행을 비롯하여 "새로운 맛의 세계로 들어가는 느낌"을 준 양파수프와 마르세유에 온 두 번째 미션이라는 부이야베스 생선스튜 등 요리 이야기와 엄마가 해 준 국수에 대한 기억이 나온다. 모든 사람이 다 기억 속의 엄마 음식을 최고로 치지만 우리 역시 마찬가지이다. 엄마 친구들이 엄마에게 '국 대학'을 나왔다고 할 정도이니 검증받은 솜씨임이 틀림없다. 어릴 때 자주 먹은 소고기 무국과 시락국 또 추석 밥상에 오른 맑은 양지 토란국을 떠올리니 나같이 무정한 사람도 엄마가 그립다. 신선한 송이버섯 향과 이름도 모르는 독특한 버섯 찌개, 간장 양념이 된 청어구이와 소고기 우엉조림이 유난히 기억에 선명하다.

중국집에서 시켜 먹은 해삼탕과 매콤한 라조기, 또 엄마 따라 중앙통에 있는 일식집 미향에서 먹은 유부주머니, 일요일이면 아버지와 가족이 양식집에서 큰 숟갈로 떠먹은 부드러운 수프는 꿈속의 맛이었다. 양식당에 가면 늘 런치를 주문해서 그때는 런치가 음식 이름인줄 알았다. 이게 다 1960년대에 먹은 음식 기억이다. 훗날 엄마가 "너이들은 원 없이 음식 호강하고 자랐다."고 일러 줄 정도인데 세 자매 다 전혀 엄마 솜씨를 닮지 않아 요리 점수는 낙제감이지만 대신 미감은 결코 사라지지 않은 덕에 셋째가 뒤늦게 처음 펴내는 수필집에도 미식이 차려 있다.

여행의 설레임과 그림의 떡인 음식 이야기가 호화롭게만 들리겠지만 이 수필집에는 동생의 젊은 날 슬픔도 묻어 있다. 노르망디 대교를 건너며 직장 시절 첫아이를 안고 택시 속에서 하염없이 울었던 옛 기억도 꺼낸다. 슬픔을 모르는 사람과 어떻게 공감하겠는가. 얼마 전 결혼시킨 막내아들과 티각거린 얘기도 일상적인 것이지만 '나 혼자만의 즐거움'이란 제목이 붙은 파리 중세박물관의 양탄자를 떠올리고 자식에 대한 애착에서 벗어나려는 모습도 엄마들에게 공감을 줄 것이다.

이 수필집을 읽고 나니 다시 프랑스에 가고 싶다. 유럽 여행 때 기차를 환승하기 위해 잠깐 내렸을 뿐인 마르세유에서 '부이야베스'도 맛보고 싶지만 무엇보다 우선 파리 지하철 10호선 소르본-클뤼니 역사를 밟고 싶어서다. "처음엔 아름다운 천장 장식에 놀라게 되고, 역사 밖으로 나오면 또 한 번 놀라게 된다"지 않는가. 바로 도시 한복판에 그대로 남아있는 로마시대 유적인 공중목욕탕 터를 보고 싶다. 신라유적지 고도 경주를 멋대로 망친 한국 민도와 비교되더라도 폐허를 도심에 보존할 줄 아는 프랑스의 진정한 미의식을 확인해야겠다.

－강석경(소설가)

4년 전 동생 인순은 환갑을 1년 앞두고 프랑스 유학을 떠났다. 젊은 시절부터 꾸어 왔던 꿈을 뒤늦게나마 이루기 위해서였다. 꿈 꾸는 것만 좋아하고 실제로 이루는 일에는 소극적인 나와는 달리 동생은 어려서부터 원하는 것은 적극적으로 이루면서 살아왔다. 그래서 동생이 유학을 간다고 했을 때 '유학, 유학 하고 노래를 하더니 드디어 가는구나.'라고 생각하면서 알찬 수확이 있기를 빌어주었다.

그런데 동생이 유학을 떠난 것은 단순히 젊은 시절의 꿈만을 이루기 위해서가 아니었다. 그 꿈에 새로운 꿈이 한 가지 더 보태졌

으니, 그것은 글 쓰는 삶에 대한 꿈이었다. 책을 좋아하고 불어교육과를 나오기는 했지만 그동안 글과는 무관하게 살아온 터라 처음에는 동생의 고백(?)이 약간 뜻밖이었지만 얘기를 다 듣고 보니 고개가 끄덕여졌다. 젊었을 때부터 언니 둘이 글을 쓰는 모습을 보면서 막연하게 자신도 글을 쓰고 싶었는데, 어느 날인가 막내아들이 '이모들은 다 책을 내는데 엄마는 책 안 내?'라고 하는 말을 듣고 언젠가는 '나도 꼭 내 책을 내서 아들에게 보여 줘야지.'라고 마음먹게 되었다는 것이다.

어쨌거나 동생은 환갑이 다 된 나이에 혼자 파리로 유학을 가서(원래 유학이야 혼자서 가는 것이기는 하지만) 좋은 성적으로 파리 소르본대학 어학연수과정을 마치고 돌아왔다. 그리고 새로운 꿈을 이루기 위해 에세이 쓰는 법을 가르치는 강좌에 등록하여 글쓰기의 기본에 대해 배우고 글쓰기에 관한 책도 부지런히 읽더니 드디어 파리 유학 중에 있었던 일들을 에세이로 쓰기 시작했다.

나는 동생과 오페라 영화를 같이 보느라 한 달에 두세 번 이상 만나곤 했는데 그때마다 동생은 자신이 쓴 에세이를 들고 왔다. 그러면 나는 집으로 가져가 읽어 보고 소감과 수정해야 할 부분을 표시하여 다음번에 만날 때 갖다 주곤 했다. 그렇게 한 꼭지씩 한 꼭지씩 수정하고 다시 쓰고 하는 사이에 처음에는 어설프게 보이던 글들이 차츰 다듬어지면서 완성된 에세이가 되었고 이제 곧 책으로 나온다.

나는 이 책을 단순히 프랑스를 좋아하는 독자들에게만 추천하려는 것이 아니다. 프랑스에 대해 관심이 많은 사람에게도 당연히 추천하겠지만 그보다는 아무리 나이가 들어도 여전히 '청춘시대'를 살고 싶은 시니어들에게 더 추천하고 싶다. 새로운 꿈을 꾸기에 너무 늦은 나이란 없으며, 적극적으로 시도하기만 하면 꿈은 반드시 이루어진다는 것을 동생은 늦은 나이의 유학과 새로 시작한 글쓰기, 그리고 책 출간으로 보여 주었으니 말이다.

언제나 어린아이처럼 꿈을 꾸고 그 꿈을 이루기 위해 젊은이들처럼 노력하는 삶. 그것이 바로 시니어들이 원하는 '청춘시대'의 삶이 아니던가.

—강숙인(동화작가)

프랑스라는 명칭이 익숙할 청소년들에게 그 나라의 이미지는 어쩌면 축구 잘하는 서유럽의 어떤 나라쯤이 아닐까 싶다. 하지만 불란서(佛蘭西)가 더 익숙한 세대가 있다. 불란서 세대에게 프랑스는 그저 어떤 나라가 아니었다. 그게 무엇인지는 잘 모르겠으나, 인간의 영혼 속에는 예술에 대한 갈망이 있고 그 예술은 고귀하고 심오하며 순수한 어떤 것이라는 믿음. 비록 나의 삶은 초라하고 빈곤하지만 내 생의 어느 시점엔가는 예술의 향취 속에 흠뻑 젖어들어 볼 것이라는 기대. 무한 동경과 선망의 판타지 같은 것.

그 모든 것의 모국이 바로 불란서였다.

그러나 지금 세태에서 불란서와 예술 운운의 판타지를 펼치면 대뜸 이런 말이 돌아올 것이다. '그런 건 후진국 시절의 변방 정서겠지요…' 딱히 틀린 지적은 아니다. 불란서에서 프랑스로 넘어오는 동안 지구상의 어떤 나라보다 한국, 한국인은 근본적으로 변해버렸다. 더 이상 유럽이며 프랑스의 문화예술은 선망도 동경의 대상도 아니고 K-팝이나 한류 드라마의 밑자락에 깔리는 신세가 되고 말았다. 뭐 어쩌겠는가. 세상은 변하는 것이고 특히 우리 자신이 성장해서 그렇게 된 것인데.

그러나 한국인의 24시간을 채우는 대중문화 홍수 속에서 무언가 비어 있고 결여된 부분이 있다. 거기에 불란서를 상기해 볼 이유가 있고 이 책의 존재 이유도 있다. 이 책의 내용물들은 소녀 시절 슈바빙의 가스등 불빛이 자욱한 전혜린의 에세이를 읽고 전채린의 불란서 문학 번역서를 읽었음 직한 인물이 일생 동안 그러한 유럽 동경을 간직해 두었다가 마침내 프랑스에 체류하며 그 실체를 직접 체험한 이야기들이다. 김승옥 소설을 떠올릴 수 있는 세대에게 첫 챕터인 카뮈의 묘소 루르마랭 방문기는 눈물겹기조차 한 것이다. 황병기의 가야금과 더불어 홍신자의 미궁을 체험했을 세대에게 드뷔시 오페라 관람기는 살갑기조차 한 것이다.

참 많은 예술 기행서들이 있다. 그 가운데 강인순의 체험이 선택될 이유는 글솜씨나 내용의 전문성 따위가 아니다. 한마디로 숙성의 힘이 가득한 책이다. 일생토록 갈망했고 긴 세월 사전 준비해 왔던 프랑스 예술의 정수들. 하지만 특별한 전문가가 아니라 불란서가 낯설지 않은 사람들 가운데 한 사람이 대표 집필한 것만 같은 친숙함이 이 책의 강점이자 가독성으로 다가온다. 내게는 짧은 여행지였을 뿐인 프랑스. 그런데 책을 읽다 보니 좀 오래, 많이, 그리고 깊게 다녀온 기분이 든다.

—김갑수(시인, 문화평론가)

파리, 혼자서 –60세에 첫 유학길에 오르다

펴낸날 초판 1쇄 2018년 9월 20일 | **초판 4쇄** 2019년 12월 30일
지은이 강인순 | **펴낸이** 신형건
펴낸곳 (주)푸른책들 · **임프린트** 에스 | **등록** 제321−2008−00155호
주소 서울특별시 서초구 양재천로7길 16 푸르니빌딩 (우)06754
전화 02−581−0334~5 | **팩스** 02−582−0648
이메일 prooni@prooni.com | **홈페이지** www.prooni.com
인스타그램 @proonibook | **블로그** blog.naver.com/proonibook
ISBN 978−89−6170−674−2 03810
＊잘못된 책은 구입한 곳에서 바꾸어 드립니다.

이 도서의 국립중앙도서관 출판시도서목록(CIP)은 서지정보유통지원시스템 홈페이지
(http://seoji.nl.go.kr)와 국가자료공동목록시스템(http://www.nl.go.kr/kolisnet)에서 이용하실 수
있습니다.(CIP제어번호: CIP2018025358)

S Special books for the single, senior & simple life
에스는 삶의 새로운 가치를 지향하는 푸른책들의 임프린트입니다.